FLIGHT LEADER

飞行团长

朱宝／著

南方日报出版社
NANFANG DAILY PRESS
中国·广州

图书在版编目（CIP）数据

飞行团长 / 朱宝著. --广州：南方日报出版社，2023.1（2024.1重印）
ISBN 978-7-5491-2561-6

Ⅰ.①飞…　Ⅱ.①朱…　Ⅲ.①长篇小说—中国—当代　Ⅳ.①I247.5

中国版本图书馆 CIP 数据核字（2022）第 116442 号

FEIXING TUANZHANG
飞行团长

著　　者：朱　宝
出版发行：南方日报出版社
地　　址：广州市广州大道中 289 号
出 版 人：周山丹
责任编辑：刘志一　郭海珊
封面设计：肖晓文
责任校对：熊丽思
责任技编：王　兰
经　　销：全国新华书店
印　　刷：广东信源文化科技有限公司
开　　本：889mm×1194mm　1/32
印　　张：7.5
字　　数：138 千字
版　　次：2023 年 1 月第 1 版
印　　次：2024 年 1 月第 2 次印刷
定　　价：38.00 元

投稿热线：（020）87360640　　读者热线：（020）87363865

序言

李健

我们曾经生活的时代已经渐行渐远。在过往的时代，有我们最初相逢相知的美好，有逐渐经历的生活和事业的拐点。过去的我们，就如书中所记录的，经历着遨游蓝天的岁月，那是我们人生中绝无仅有、不可重来的时光，是我们那一代飞行人的宝贵阅历和精神财富。翻开这本书，就像翻开一段青春记忆，记忆中满是斑驳的过往，像一张张旧照片。

从航空学校毕业后，我们就像蒲公英的种子，撒播在祖国各地乃至世界各地。不能否认，书中所描绘闪闪发光的日子，在闲静时、恍惚间，着实时常如电影片断般浮现眼前，同时涌上心头的，有对故交挚友的思念，也有对那时懵懂的自己的怀念。

在这里，我热忱感谢本书作者，她对我们飞行生涯的书写，使得历史重现，唤醒我们几十年前共同的记忆。若不是作者为我们拂去尘沙，那些美好的生活画面，恐怕只会如珍珠般被掩埋在“飞行团长”们的记忆深处，或者在庸常日子中随风而逝。现在好了，我们从字里行间看到似曾相识的自己，这是一种奇妙的感受，尽管此书是小说体。

飞行像一场梦，终其一生，我们都在这一场梦中。我们像星光一样，在特殊的年代闪耀，又在时光飞逝中奔赴新的命运。唯愿在家国世事中，一代代飞行员的人生追求和忠诚，也能被更多人看到并记住，他们曾经也年少，也青春，也追求爱，忠于职守，顽强奋斗，并绘就了他们所生活时代的图谱，留驻于飞行历史的画卷。

祈望《飞行团长》的读者在书中找到你们的“哈姆雷特”和人生经历的共鸣，在丰富多彩的世界里获得回味绵长、滋味万千又畅爽淋漓的阅读体验。

（作者为中国民用航空局原副局长）

目录

引子

时光在过去与眼下穿梭。

他的战友说，跟他隔得太远。而我坐在他旁边，静静地听着时光流年如何从他身上流动。想象多年前，那个穿着空军皮靴、蓝色空军飞行裤和黑色皮夹克上衣的他，铿锵有力地步入空军飞行学院，坐在正中间的位置，发表他到任团长后的第一次讲话。

一个冬日的上午11点，在熊猫城一家五星级酒店的餐桌前，阳光倾泻在他棱角分明、帅气、眉毛浓稠且纵使岁月侵蚀也没有改变太多的脸上，恍惚这是三十多年前那个英姿飒爽的青年，以及四十多年前那个学习飞行，第一次飞上蓝天，因紧张而念毛主席语录给自己打气的无助却坚强的少年。

阳光打在了他对面那位女士的脸上，她望向他的眼神里，写满了挂念、爱慕、敬仰。

第一次听到王闻飞对我说，与一位商用飞机公司——飞客公司销售相关的女士一起吃早餐，要聊飞客公司的事时，我预想可能见到一位干练强势的女性，而坐在王闻飞对面的林一丹却大相径庭，展现着温柔知性的一面。

与王闻飞取得联系，是因为2018年的一起空中险情震惊了我。

2018年5月14日早上6点26分，四川航空3U8633的机长刘传健，同往常一样，驾驶空客A型飞机，执行重庆飞往拉萨的任务，这条航线，刘传健已经飞了上百次。早上7点左右，飞机进入巡航状态，119名乘客大多睡起了回笼觉。突然咔嚓一声，驾驶舱右座的前挡风玻璃出现裂纹，刘传健迅速向管制台报告。

在一则新闻里了解到，“万米高空中，机舱玻璃突然爆裂，刚刚还稳坐在驾驶舱副驾驶上的副机长的半个身子被吸出悬在机舱外，执行飞行的机长刘传健本能地伸手想把他拽回来”。这时，我被这个画面震撼了。

我对英雄机长刘传健带着好奇，想寻访他的空中故事和成长轨迹，却被空军飞行员、民航近四十年中的人物命运、历史变迁和商业竞争深深打动。我想通过小说的视角，展现他们的生活图景。

接下来写的是小说，小说中的虚构人物王闻飞是不同人生活的汇集，是虚构的群像。但是，我还是不禁想到，命运是一个轮盘：当不小心转到悲惨的一边时，小说中的人物王闻飞成了时代的普通人，经历吃不饱的饥荒日子。如果谁又拨动轮盘，把他转到改革开放初期弄潮儿的一边，在命运的中后段，他又叱咤风云地过足了滚滚红尘的瘾，玩起了权力的游戏。让人心痛的是，轮盘再次被拨动，老首长精心搭配的接班者站在了他的对立面。在他命运后半段，他还未完成交班，就经历最诡异的滑落曲线，尝尽成王败寇、人未走茶已凉的凄楚。

回看他这往复的命运和起落的人生，我看到的不过是一个少年带着浪漫的面孔，用纯净的眼神在寻找温情，哪里有它，他就钻进哪里。至于现实抑或残酷，已经躲进沉重的壳，形成厚厚的茧，他并不轻易用心把它削薄，而是让它自然而然、无伤大雅地伫立着。这就是生活本来的样子，不急不缓，慢慢地走向你，还给你挤出一点笑容，留下你一地的愉悦，笑着哭，哭着笑。

儿子飞机失事、爱而不得的女人、踩着他肩膀升职的接班者，令他被诡异而复杂的人性打回原形，写满时过境迁后的落魄。他眼里分明还看见，在一个相似的阳光灿烂的上午11点，他们在一张餐桌相向而坐，她望向他的眼神满满都是爱，这种爱足以包裹他、吞没他、深深地吸引他，充满无尽的魅力与诱惑。只是，那时年龄太小——在此之前，几十年荒芜的青春和感情沙漠，迟钝了他的激情和欲望。

1 劫后余生

林一丹的侧脸看起来像法国人，鼻尖很高。她吃得很少，大多数时候，她似乎沉浸在某种情绪里，她的眼角有些皱纹，但眼睛忽闪忽闪的，透着灵性。跟随着她的神情，我渐渐走进了她的过去。

我听得出，这是她和王闻飞相隔二十多年后的再次见面，他们都没有忘记彼此的联系方式，他们的眼神中都透露着熟悉和信任，我感觉这太奇怪了。

回想二十多年前，林一丹第一次见王闻飞时，他所在的熊猫航空正面临生死存亡的考验。他空军部队的战友、老首长也是他的领导，他们当时最大的愿望和使命，就是尽全力让这家公司活下来，躲过被兼并的命运。

王闻飞记得，老首长与他一起，拜访同城另一家航空公司的老板。他们顺着楼梯上三楼，敲了敲门。门里传来一声“请进”。进去后，这位老板示意他们在对面坐下。他看了看他们，左手把冒着淡淡烟气的燃着的香烟送到嘴边，猛吸了一口，斜着眼吐出一个烟圈，满屋子飘荡。

接着，那嘴巴张开，露出黄黑黄黑的牙齿，说：“就你那几条破枪（飞机），缴械吧，到我这来，我给你个总经理的位置。”

老首长不动声色。王闻飞看着他眼巴巴的神情，他想知道同城这家老板有些什么飞机，用什么飞机怎么飞最赚钱。他们是来学习经验的。

开辟一条属于熊猫航空的新航线，尤为关键。

林一丹受商用飞机公司飞客公司的指派，与一个技术团队一起到熊猫城驻点，协助王闻飞公司在高高原的首飞。

她记得那次见到王闻飞时，他的话很少，连问题都很少，有时问到他，他就回答一声有力而短促的“嗯”。所有人都等着他接着说时，他什么也不说了，从表情上看，像是进入了一种深远的思考。

林一丹经常在他的这种表情里迷失，这种迷失源于一种吸引力，这种吸引力来自内心的仰慕。这种仰慕，林一丹后来想想，是见到王闻飞之前，听说他曾在执行一次飞行任务时被劫持到M城，但他在没费什么周折的情况下，把一整个航班的人平安地带回了熊猫城之后生出的。

在一次试飞研讨会后，林一丹实在按捺不住好奇心，鼓足勇气问王闻飞被劫持到M城的事情，王闻飞看了看她，从喉结里答出了一个“嗯”。

心怦怦跳的林一丹感受到了被敷衍，她把这种失望情绪很明显地写到脸上。后来和林一丹接触和深聊更多后，我从她脸上看到过的那种表情，就像一个大写的“丧”字。

王闻飞显然也看到了林一丹脸上的“丧”。只不过，他接下来的动作是从熊猫城机场附近那个办公室往外走，经过她身边时，看了她一眼，下了楼。

五六年前，他被劫持到M城返回这里时，也是走出这个低矮的三层楼，搭乘公司的车回到市区，再骑上他的自行车回家。

我们接着他们在熊猫城的首次见面往下说。

王闻飞和林一丹的对话里，有时会提到一个“他”字，他们又总是刻意避免提起那个“他”。

林一丹和王闻飞心照不宣的“他”的主题，持续了二十分钟，王闻飞说了不少于五次“嗯”。有那么两次，“嗯”完后，他嘴角有些微抽动，这个抽动透露着什么？恐怕没那么简单。

直到后来，我见到一个满脸堆笑的男人，才知道这就是“他”，一个叫李英杰的男人。李英杰的“背头”发型里，夹杂着密密麻麻的白发，个头不高，长相中透露着一股说不出来的滑稽。也说不上哪里有问题，就是眉毛、眼睛、鼻子和嘴巴凑在一块，有种不怀好意的喜感。他不是很有特点的人，如果在人群中，很容易被忽略。

林一丹起身走到餐厅外面接电话。我望着她被精致套装包裹的曼妙身形越来越远，怎么会有这么好看、优雅又有气质的奇女子呢？

这应该是王闻飞喜欢的端庄类型。林一丹不仅仅端庄、成熟，还有合时宜又惹人怜爱的孩子气和简单纯净，对标王闻飞“端庄”二字的简单要求，她的魅力是有过之而无不及。王闻飞一贯喜欢不形于色，但此时他眼里都有藏不住的喜悦。

那时我想，他做过空军飞行学院的团长，又做过总飞行师，见过的女性算不少的，也可能有不少像林一丹这样的女性向他暗暗示好，为何他对林一丹的火苗像在内心里燃烧了很久仍不熄灭？

我想起了林一丹提到的他的那次M城飞行。

从M城返回熊猫城那个晚上，下了公司的车后，王闻飞从公司在宾馆的办公室楼下取了自行车。骑自行车回家的路上，秋风吹得他愈发冒汗。半小时前，安全部门和公司组成的一个团队跟他谈了话，了解飞机被劫持到M城的整个过程。

王闻飞记得，自行车在坑坑洼洼的土路上颠簸，他的身子也跟着起伏。一会儿就要到家了，他的感情变得愈发复杂。

王闻飞敲了敲门。

门打开了。

门缝逐渐扩大。一个五十岁左右的女人出现了。

王闻飞试图用眼睛感受女人的内心活动。

女人向他伸出一只手。王闻飞的一只手迎过去，握了一下那只手。他们的握手，像同志间的握手。

女人说，回来了啊。

王闻飞说了个标准化的“嗯”。

王闻飞眼里含着眼泪。女人没太注意，她一贯注意不了这些，就像他喜欢唱歌，她不爱唱也不爱听；就像他喜欢写作，她不爱读也不爱写。

他心想，这也算经历一次死里逃生了吧。

② 飞行梦想

林一丹记得，王闻飞向技术支持小组提了一个十分关键的问题：飞客这款单过道机型是否飞过高高原?

这个问题至关重要，他担心失事。

在部队当兵时，王闻飞从老领导那里记得最清楚的指示，便是至少有60%的把握才能去做。如果军令如山，那么就与把握的百分比没有关系，这点除外。

王闻飞提这个问题时，眼前出现了部队同期的一名飞行员。二十世纪七十年代末期，这名飞行员驾驶着战斗机，在空中做翻滚，突然一下擦地上了，结果是一等伤残。这在团里是一等事故。接着就开会调查。

消息传到了家属院，但家属不知道是谁出了事故。

飞行员的家属派她女儿去打听。到办公室推开房门后，见里面没人，又走去会议室，推开门，没有看到父亲，丫头当场哇哇大哭起来。

王闻飞想起前一天和丫头父亲交流时，他还说起飞行是他的梦想，从家里离开去部队学习飞行时，送行的老乡里三层外三层地围着他，羡慕的眼神令他永生难忘。

王闻飞也忘不了那一天。

中学团支部书记、人民公社的武装部部长，一个骑着自行车来，另一个走路来给他送行，两人抢着帮他拿手提兜。

一个夏天的闷热早晨，王闻飞穿着短裤就出门了。招他的首长叮嘱他什么也别带。王闻飞的行李少得可怜，全部财产就是一个手提兜。手提兜里装着牙刷、牙膏、毛巾，最值钱的是一个小钱包。临离开村子时，乡里的爷爷奶奶们这个给一块钱，那个给两块钱，一共凑了三十多块钱，作为这个小大人奔赴前程的盘缠。

对于十四岁的王闻飞来说，这是一笔巨款。进入部队的第一年，他每月的补贴才六块钱。那年春节，连同这笔巨款，王闻飞一共凑了五十块钱，寄回了家。

欢送会几天前就开起来了。学校已经放暑假了，校长把学生们召集起来，在一片空地上做了一个激情洋溢的讲话，对这个千里挑一的飞行员苗子寄予前所未见的厚望。

几个月前，举全力保护飞行员苗子的行动精神就已经在县里传达。这年三月，王闻飞被送到县里去体检。一个月后，确定他具备送去学习飞行的条件。接到通知那天，王闻飞从学校往家走，看到一个同学父亲背上贴着一张纸，周围的人围着他指指点点，嘴里还振振有词地说着什么。

同学的父亲被贴了大字报。大鸣、大放、大辩论、大字报的“四大”正如火如荼，烧遍大江南北。县里管文化的负责人找王闻飞谈话，告诉他和另外几个准备进入部队的同学不要参与，找了个地方把他们集中起来，与“四大”隔离。

某军分区的学员们集结后，一个叫徐佩的人代表王闻飞要入学的学院发了言。他们将从这里踏上去往一个名叫“春风”的城市的火车。团支部书记和武装部长要离开了，此刻，王闻飞才真正意识到，接下来的行程没有熟悉的人。他从此开始了一个人的闯荡，一别五十年，人们各奔东西，如大江大河，各自奔流。历史的滚滚车轮，把这一火车一火车的他们带向了未知、最为颠沛流离与最具戏剧性的时代。

绿皮闷罐车车轮哐当哐当地在铁轨上一圈圈地碾压，王闻飞在那闷罐子里半睡半醒，想起父亲。父亲去世那一年，王闻飞刚六岁。

他对父亲的记忆是模糊的。中华人民共和国成立后三年，王闻飞出生。接着，父亲离开家乡，成为南下的干部。一次打仗时留下的旧伤复发，没等到送到大医院治疗，父亲便重病离世。这个还没有来得及仔细体会父爱的男孩，对于接下来在这乡村匮土要面对的人间滋味一无所知。

王闻飞有很多问题想问他。小学一年级时，他看到村子里支起了一个一米多高的小锅炉，大人们把从很远很远地方弄来的铁矿石放到锅炉里，点上用树枝燃尽的钢炭，在旁边放上家里带来的风箱，呼哧呼哧地吹。他想象着火苗在炉子里欢快地跳跃。听大人们说火苗把铁矿石烧化了就变成钢。后来这些黑乎乎的被称为钢的物件，一堆堆地堆在泥地里、田埂下，或者大树旁，像一具具黑色的躯体，幻化成各种形态，在他幼小的心灵里形成了一个又一个符号。这些符号在未来的日子里提醒他质疑和留意那些不科学的一腔狂热。

他还想起了奶奶。父亲去世的消息传到奶奶这里时，奶奶的病更重了。三年困难时期，父亲的去世成了一件并不完全坏的事情。生产队照顾烈士家庭，给了奶奶八斤豆饼。王闻飞穿过村子里的田和地，到生产队去领豆饼。回程的路上，八斤豆饼太重，他两手抱着这些豆饼，衣服被树枝一挂，绊倒了，豆饼顺着田埂滑落，他被树枝的回弹力一拉，掉下了一米深的泥地里。

王闻飞搓了搓手，从地上爬起来，去捡他的豆饼。当这些豆饼集齐重新被他的两个手臂环抱时，他才松了口气。豆饼是用炼油的豆子炸完油后余下的豆渣做成的饼，这是带回去给饥饿中的奶奶救命的。即便现在，王闻飞依然觉得豆饼是所有点心里最好吃的，在那个时代，一个月才吃一次鸡蛋，更多时候吃树皮，吃地瓜叶子，相比之下，这更是高级和稀罕无比。

奶奶还是去世了。报考空军飞行员时，有一个流程是政审，要求家庭三代之内不能有宪兵，不能是地主或富农。

主审人问王闻飞：“你姨、姑姑和舅舅符合要求吗？”他点点头。

“你母亲是党员吗？”他点点头。

“你父亲是烈士吗？”王闻飞再点点头。

“你奶奶是怎么去世的？”他回答：“生病。”

“有人能证明吗？”“我们生产队的二十多位成员都可以证明。”主审人对王闻飞点点头。

跟主审人见面前，母亲提醒王闻飞，奶奶是生病去世的。

王闻飞记得在奶奶最后的一段日子里，已不怎么吃东西，坐在屋子里，连呼吸都费力气，体能已达到极限。母亲给奶奶递豆饼时，奶奶说不饿，留给长身体的。

之前母亲担心王闻飞身体不过关。他太瘦了，个头矮小。一米六出头的身高，体重不到一百斤。

闷罐车开了二十多小时，终于到了春风。到达当天是7月30日，休息一天后，8月1日建军节那天，王闻飞正式入伍了。他领到了红袖章和红帽子。那天他学了军旅生涯的第一首歌，歌词是“看！雄鹰在展翅飞翔。听！涡轮在纵情歌唱。人民的空军，祖国的好儿郎”。

我忍不住沉浸在少年时代王闻飞的世界里。我们接着说首飞准备。

林一丹听到王闻飞提的关于高高原的问题后，便开始调动资源在飞客全球范围内查证。怀着对王闻飞的仰慕，那时她就像着了魔，打越洋电话到法国、德国、意大利，寻求帮助。

二十世纪九十年代末的熊猫城，打越洋电话很难，也很贵。刚刚大学毕业的二十二岁的林一丹掐准时差，早早在固定电话旁等候着。

作为总飞行师，王闻飞并不需要每晚都和飞客公司的技术支援小组一起工作。这天晚上，王闻飞来到办公室，听到林一丹一只手握着固话听筒，娴熟地说着外语，另一只手在一张纸上写写画画。

这个场景给王闻飞留下了深刻印象。专注的林一丹打完电话转过身时看到了王闻飞，先是一惊，接着她很自然地张开双臂向王闻飞奔过去，试图给他一个拥抱。

王闻飞下意识地往后退了一步。伸出手去阻挡快要到达他跟前的身体，硬生生地把林一丹稳稳地正在了距他三十厘米的位置。林一丹有点窘。缓了缓神，她说："我确认了，之前在其他国家飞过高高原！"

王闻飞的嘴角动了动，"嗯"了一声。往办公室里面走去前，他对林一丹展露了些微笑容。

坐在办公室第二排的工程部经理李英杰注意到了王闻飞的微笑。他还听到了林一丹对王闻飞说的话，目睹了她兴奋地冲向王闻飞索取拥抱时的情景。李英杰暗暗地想，这个姑娘不但好看，还这么可爱。李英杰后来回想，他可能是在那一刻对林一丹动了心。

③ 意料之外

我见到林一丹的前几天，当年招王闻飞的那位老首长正好到访熊猫城，和王闻飞一起回忆过往那段时光时，他感慨那一批飞行员年龄太小。我不禁想想自己十四五岁时在做什么。我想起来了，那个年龄我第一次离开小城，去往大城市，拉着我爸的衣角不敢放，觉得这城市又大又陌生。

王闻飞在十五岁那一年拿着枪，经历了他生命中的生死之战。确切的牺牲名单传回乡里前，母亲正在为他准备后事——对一个新兵的简单悼念。这是一个女人以为在成为妻子和母亲后可能送走的最后一位亲人了。在那些年，活着是一件那么不确切的事情。

那是二十世纪六十年代末一个夏日，黎明早早地在陆军军营的大通铺里洒下亮光，王闻飞和战友们收到紧急集合的命令。这个懵懵懂懂的少年从睡梦中一下子弹坐起来，以最快速度打好背包，带上全部东西，和二十多位战友一起，爬上了一辆大卡车。

新兵王闻飞的第一反应是，这次和三个月前的紧急集合一样，是一次例行演练。然而，那一次任务是支持左派，并不是演练。那次他一路在想，这不是演练吗，怎么变成真实地执行任务，什么是真实？

这一次，也不是演练。生活的每一刻，都可能面临意外。

王闻飞坐在卡车车厢的第二排。

二十多位战友分坐两排。他们把一位男士围起来。此行的任务是护送这位男士去机场。这位男士穿着一套笔挺的中山装，年龄有点大，坐在一个草垫上，气质像个军人。

中山装男士刚上飞机，机场外面就打起来了。

卡车开出去不久，密密麻麻的人群围过来。一位背着用电池送电喇叭的宣传干事大声喊：“无产阶级革命战友、革命同志们，我们护送他，是党的指示。”

喇叭里的声音刚落下，士兵们便接起来，在卡车车厢齐声重复：“无产阶级革命战友、革命同志们，我们护送他，是党的指示。”

士兵们的声音还没有落下来，枪声响起来。

嗒嗒嗒嗒，嗒嗒嗒嗒。

男人们倒下，流血。

女人们倒下，流血。

战友们倒下，流血。

人群炸了锅，一片混乱。

有人捂着头，有人逃窜，有人向卡车前进的方向挤靠围聚，有人在车轮下被碾压而过，血腥气在空气中升腾。

一时之间，卡车成为战场的中心。

宣传干事的声音从喇叭里传出来：“要文斗不要武斗，希望你们放下武器，不要再打了。后果你们自负。”

嗒嗒嗒嗒，嗒嗒嗒嗒。

宣传干事的声音在枪声中被淹没。

嗒嗒嗒嗒，嗒嗒嗒嗒。

卡车周围的人接连倒下。

卡车一点点地突围。

车厢里的士兵有人倒下，有人在和爬上来的人对打。

王闻飞没有特别弄明白，围绕这辆卡车真枪实弹生死拼杀的几方究竟因为什么打起来？在爬上这辆大卡车前，部队的排长讲过，不参与革命造反派大联合委员会，不参与革命造反总司令部，也不参与无产阶级革命派联络站。

临上车时，排长没有回答护送的是谁。

卡车被伏击，十七位战友在这场护送中牺牲。消息很快传到了战友们的家乡，传到了家人耳朵里。

他成为少数幸存者中的一位。

他感慨地说：“我今天能坐在这里，坐在你对面，是侥幸，我的很多战友都没了。那些年轻的生命就像流星，从天际划过，陨落在无尽的浩瀚苍穹。”

回到部队，王闻飞觉得无比光荣，和一些幸存下来的战友一起，他正式递交了入党申请书。

来到这个陆军部队前，组织对王闻飞说，按照规定，飞行员必须到陆军锻炼一年，这才解开了配发军服那天王闻飞领到的是陆军军裤的疑团。

学第一首军歌后的第二天，指导员向他们讲了军队的纪律。接着，王闻飞和他的战友们进入了野营拉练。背着背包，从春风一路步行到两百公里外的煤矿去参观。

煤矿老工人唾沫横飞、义愤填膺且无比悲情地和他们讲了日本帝国主义如何入侵中国。在大屠杀“万人坑”参观时，王闻飞的战友徐佩对入侵者的残忍已充满了愤怒，并暗暗立下志向，绝不允许这样的事情再次发生。他对王闻飞说：“中国共产党万岁，我们要誓死保卫祖国。”王闻飞庄严地点了点头。

王闻飞一路争着帮助弱小的战友背包。一米六多小个子的背上，背着三四个包，他要不怕吃苦。脚上磨了泡，泡破了，黏在袜子上。有条件洗一洗了，脱下袜子时，一拉开，袜子和肉硬生生地被分开，在袜子上变成一团团污渍，就像脚和袜子之战的勋章。勋章多少和袜子的洞的多少一样，王闻飞没有把它当回事。

王闻飞和他的几百个同批学员被分配到了不同的陆军部队。他事后想明白了，陆军那一段时间的锻炼，是为了磨炼他们的思想和意志。他和战友们挖山洞，修军事工事，春天帮助农民一起种田。排长传达指示：“煤矿工作要为打仗做好准备。”

战争还是社会发展的主要阻碍。

相比于护送画上那位中山装先生，夜里弹药库的站岗更令他感到不安。弹药库之间相隔一千多米，处于荒野之中。夜晚的凉意一阵阵地在空气中流动。除了眼前，没有一点亮光。

这天半夜，王闻飞恍若看到，远远的地方一团黑乎乎的东西在移动。他警惕起来。那团黑乎乎的东西从齐人高的草丛中钻出来，靠近铁丝网。

王闻飞举起了枪。

夜里静得只有他的心跳声。

黑乎乎的东西停了一下。

王闻飞屏住呼吸，全神贯注地盯着那里。

他的肩膀突然被人拍了一下。

冷汗浸润了在棉衣捂着的王闻飞的身体。

他下意识地用枪托一送。他看到一个人倒在了他的岗哨下面。

那人是徐佩。

这天夜里，王闻飞替他站岗。之前他吓唬王闻飞说荒郊野外有狼，他寻思着在半夜故意戏弄王闻飞一番。要不是棉衣厚，徐佩的肋骨可能断掉一根。王闻飞后来知道，那天夜里出现的黑乎乎的东西是狐狸。

距离王闻飞在陆军当兵锻炼的那一年十年后，大眼睛、长睫毛、圆脸蛋，长着浓密黑发的林一丹才出生。到熊猫城驻点支持飞客公司工作时，她对于王闻飞的经历一无所知。奇特的是，她对他的感情渐渐表现出超越年龄的成熟和勇敢。

李英杰对首飞提出了坚决的反对——他认为这是去送死。他的理由是飞客公司关于高高原的飞行纪录都是在外国，飞行纪录中的海拔远低于他们要首飞的童话沟。

“在这里飞和在其他国家飞的环境与情况完全不同。飞客飞机是电力装置。这在全球飞机市场是新技术。我们贸然飞新技术的飞机，还是没有飞过的高高原，这根本就不是风险的问题，这是去自杀。”在讨论会上，李英杰以一种不可商量的口吻说，“让我签字，我先表态，不同意。”

在论证是否需要往飞机上装载氧气设备的技术分析会上，李英杰把流程拨回到能否用飞客飞机来飞高高原这点上。这是一个星期前已经决策通过的环节。

王闻飞把头转向林一丹。

林一丹把她和技术团队的论证结果摆了上来：飞机性能没有问题，关键是童话沟复杂的地形、地貌给出飞行技术上的考验。没有童话沟的飞行数据可参考，因此需要技术过硬、经验丰富的飞行员，不断进行飞行验证和数据积累，绘制飞行路线图。这是全新的挑战。

“疯了！”李英杰拍了一下桌子，“摔了飞机算谁的？”

“飞客对飞机性能负全责。我们可以签订合约。”林一丹不甘示弱地回答。

王闻飞想起了同城航空公司老板让老首长缴械的场景，想起了童话沟的小卓玛，想起了童话沟里羌族、藏族的生活。接着，他想到了林一丹刚才的回答。

“我来飞。”出乎大家意料，王闻飞一改他寡言少语的风格，落地有声地回答，不容争辩。

小卓玛可能又长高了。三年过去，她应该八岁了，王闻飞心想。小卓玛纯净透彻的眼睛，与童话沟的天空一样美丽无瑕。她羞怯地远远看着从一个庞然大物走下来的几个人。她把哈达献给了王闻飞，拍着小手掌，兴奋得停不下来，小脸上的高原红和裂开的皮肤愈合后留下的黑色疤痕争相喜乐开怀。

那是三年前，王闻飞驾驶着某型运输机，在用泥土垒起来的临时跑道落地后看到的最动人场景。

那时，老首长在某型运输机里坐着。

十一月的童话沟，应该是在童话中才有的吧，那色彩就像梵高铺陈的调色板上最自然和谐的组合：黄的，红的，蓝的，紫的……它们之间一点点地试探和融合，形成新绿、湛蓝、玫红、艳黄……奇妙的是，这些颜色还跟眼睛进行亲密互动，有时亮得光彩夺目，有时红得层次分明，有时丰富得像综合所有关于色彩想象的糖果盒，每一颗都鲜美闪耀，聚在一起又繁花似锦，争奇斗艳，灿若星辰。积在叶子上的晨间露水，晶莹剔透，五光十色，风儿一逗弄，不小心抖落时，沙沙作响，像下起了露珠雨。

多年前，小卓玛的曾祖母一年吃肉不多于十次，只在温饱线上挣扎。两年前，老首长接手了只有几架旧飞机的航空公司。七拐八绕进童话沟的十二小时，隔断了这里与外面世界的联系。老首长要发展航空公司，省城要帮助藏羌同胞脱贫。

在需求上，一拍即合。但对于飞机来说，这里潜藏着致命危险。高山山原、高山峡谷和中山河谷环抱着的这个童话世界，海拔1000—4500米。

一九三几年，一架绿色的飞机在春天飞进了这里海拔4300米的小西天山侧面。我想象着：那个飞行员驾驶着这架飞机，迷失在变化多端的天气中。家住附近山乡，小卓玛的曾曾祖母听到“砰”的一声巨响，飞机坠毁的声音在方圆十公里清晰可辨。曾曾祖母和听到这天外之声的藏羌族人跪地相拜——神鹰从天而降。

半个月后，藏民看到散落在山上的飞机残骸。经秃鹰分食，飞行员身体还余下一些白骨，拼起来能看出是个人形。之后，航空公司试图飞进这里，均以返航而终。这是飞行禁区，流传着民用飞机不宜进入的不成文的禁令。

然而，王闻飞和老首长要试飞这个没有降落跑道的死亡谷。

这天早上，他提前一个多小时到熊猫城机场，抚摸了一下这架运输机，在机身亲吻了一下它，就像和他的亲密朋友打招呼一般。检查完飞机仪表后，老首长跟他讲了个笑话，他们故作轻松地一起笑了。这是军队指挥官和他的干将之间的默契，有一种神秘的仪式感。

飞机刚进入山区，迎来了第一次强气流，机身颠簸得像小轿车驶过满布石子的乡村土路。王闻飞和老首长像坐在跷跷板上，随着机身在气流冲击下升升降降。飞机机翼像飞鸟的翅膀在遭遇风暴时上下抖动。气流像是受人之托专司于瓦解和分拆这个空中的陌生来者，时而凶猛，时而潜伏，迂回而来，伺机而动。

五十分钟后，王闻飞和它的老朋友运输机战胜了一波接一波的气流袭击，按照预定航线飞到临时跑道上空。望向下方，他看到藏民激动地把帽子往天空中抛甩，藏民第一次看到一架飞机出现在头顶。

当黑色滚子压上用泥土临时拼凑起来的跑道时，在这巨大的压力下，泥土相互挤压着，在紧实包裹机轮的刹那间微微轮番塌陷。机身随着这塌陷稍稍倾斜，之后便稳稳地在跑道上停下来。王闻飞从飞机走下来时，见到了小卓玛。

4 新兵

几年前，王闻飞去春风附近的一个城市看望他在陆军时期的老班长。老班长当时也是排长，是战斗英雄，也是他的入党介绍人。

不过，王闻飞入党是在空军飞行部队的事情了。二十世纪六十年代末某个冬天最冷那天，他离开陆军部队，离开煤矿。那时夜里的室内温度是零下七摄氏度。王闻飞离开那天，温度比零下七摄氏度更低。

这月初的一天，一个穿着蓝裤子的人来了煤矿。他一到来，王闻飞和被一起分到这里的空军飞行学员们就预感到是好事，心里十分高兴。飞行学院预校的中队长，要带他们去日夜挂念的飞行学院了。

终于要离开了。在陆军的一年多里，瘦小的王闻飞只吃过一次面条，想念面条想到吞口水。那时，他们每周的周五，可以吃一次“二米饭”，“二米饭”是大米和高粱米混在一起做的。余下的日子，都吃高粱米。

中队里，菜有三种：萝卜、土豆和白菜。白菜容易烂，先吃。接着吃土豆。土豆没有了，再吃萝卜。萝卜换着花样，萝卜丝、萝卜块、萝卜条，配着高粱米。这些加起来，一天的伙食费大约四毛钱。

煤矿大通铺的炕在夜里是凉的，凉得透彻心扉，像打湿了的石板。

一个排一个屋。一间屋子分两边，一边一个炕。外边是一个很大很大的锅。大锅中烧着开水，水烧开后，热气顺着炕送到屋里，炕上开始有点隐隐热气。热气慢慢积累一会儿，夜里上床前，床上的温度才不至于像结了冰那样。每人一床被子，被子的作用更像防风，不是保暖。半夜醒来，王闻飞冻得瑟瑟发抖，手和脚冻肿了，脸冻破了。不过，那时他一点都不觉得苦，他觉得光荣，理想和奋斗目标支撑着他，他的目标是被评为人民的好战士，成为一名空军飞行员。

脚冻肿了，每当军事操练、上山捡柴、挖军事工事时，冻肿了的脚和磨破了的伤口就反复纠缠，揪心的痛传到神经末梢，王闻飞尽量把走路的姿势做到标准，但看起来仍然变形。

脚尖前半部分落地时，身体往前送；脚后跟先落地时，身体往后送；左脚左边脚掌先落地时，身体往左边送；右脚右边脚掌先落地时，身体往右边送。抬着透着湿气的枯树枝丫时，比王闻飞大十多岁的一对一帮扶老兵问他怎么了，王闻飞也不吭声。老兵抱起柴火，让王闻飞自己走下山。王闻飞跟在老兵身后往回走，一路上身体往前后左右不规律地递送着。

老兵给王闻飞舀一盆热水让他洗洗脸。他从来不和王闻飞用同一个脸盆，之前王闻飞不明白为什么，那天老兵用抑扬顿挫的语调说：“飞行员的眼睛太重要了，别感染细菌。”

蓝裤子部队首长带着王闻飞他们离开前，给老兵行了个军礼。

飞行预备役的新兵们在春风附近那个城市再次坐上绿皮闷罐火车。在火车里，王闻飞一直想念面条的味道：软软糯糯，咬下去，面条和牙齿稍做对抗，断开，一些残余面渣友好地贴在上切牙根部；随着牙齿的运动，面条在嘴巴里相互对抗，传递给味蕾的感觉是劲道的韧性和麦芽的清甜……

到了第一个火车停靠站过夜，王闻飞和一起去空军飞行学院的战友集结到了军队大礼堂。

大礼堂舞台上摆着一口大锅，里面装着冒着热气的滚烫肉丝面。人间美味！肉丝面被一抢而空。

第二锅面条上来了，是白菜面。一抢而空。第三锅上来了，是清水面。一抢而空。

大礼堂的舞台上，一个团，机动队、连队，一共一千多人，分了三锅面，密密麻麻都是吸溜面条的未来飞行员和飞行保障队的战友。

这跟王闻飞在陆军部队吃过的唯一一次面条场景有点

像。那是他一次生病，营里给他开了一个条，补助他吃个鸡蛋。鸡蛋和面到达王闻飞手里的味道，提前在他的味蕾里翻腾和预想过一遍。

然而，鸡蛋和面条开了个小差。碗被端到王闻飞手里前，班长开玩笑地说："闻飞，我把鸡蛋吃了算了，面我就不吃了。"副班长说："班长吃鸡蛋，我吃面条吧。"这样，王闻飞只喝到了含着鸡蛋味的面汤。

三锅面转眼就没了。王闻飞没有吃到肉丝面，没有吃到白菜面，没有吃到清水面，他把好吃好喝的先让给战友和同志们。他已处在入党考察期，时刻谨记发挥模范带头作用。他喝到了面汤，面汤滚落到胃里时，一股暖流，令全身开始暖和起来。人间美味！

队长说："以后都吃空军灶了，哪有这么没出息！"

王闻飞到了新的中队。他终于接触到飞机了——擦飞机。飞行预备役的飞行员不光要会开飞机，还要知道机务人员维护飞机时的辛劳。

李英杰在十年后，加入了王闻飞学习过机务的机务队。来到这里之前，他已经听说过著名全才王闻飞。李英杰和王闻飞的故事还漫长，我们以后再说。

天气的寒冷刺骨，令王闻飞至今难忘。特别是站岗时，这种冷入侵到每个毛孔里，当毛孔被逐个冷透后，身体免疫系统自动启动，跟病毒做斗争，当斗争到关键时刻时，身体暖和无比。脸是热乎乎的，额头是热乎乎的，再往下发展，就会进入发烧阶段。不过，往往到不了发烧阶段，免疫系统就赢了。

指导员让站岗的新兵王闻飞去一下他的办公室。

王闻飞吓坏了。他在脑子里倒带似地迅速过了一遍几天来的生活，除了收到一封家书，没有新鲜的。

什么都有可能：奶奶的死因、脚冻伤磨破了的伤疤不符合飞行员无疤痕要求、家里出了走资派、政审不合格、飞行学院刚做完的体检结果显示身体不合格……

王闻飞做好了思想准备，做好了最坏的打算。然而，十多岁的少年，哪里懂得“最坏打算”的含义?

他听说，一位老乡把一张报纸垫到地上，坐了下去，第二天，他就被戴上高帽，被人推着游行，集中批斗，原因是报纸上有伟大领袖的头像。机务队的新兵听到这个消息，公开评论了一句“形式主义”，立即被揪出来，成为现行反革命。

在指导员办公室门口，王闻飞顿了顿神，敲了敲门，推开门走了进去。指导员请他坐下。他端端正正地坐在指导员对面，都不敢往下呼吸了。

指导员说：“经过组织研究……”顿了顿。

听到“经过组织研究”几个字，王闻飞更害怕了，脚下一软，大脑变得迟钝。完了，完了，什么飞行啊，什么模范啊，什么梦想啊，什么志向啊，都完了。

指导员接着说：“上届飞行员停飞的比较多，需要在你们这一批里挑选十五位，补他们的兵，去了马上飞行。你是其中之一。”

王闻飞差点没跳起来，他内心做过这个动作。

惊喜来得太突然，没有任何准备。

第二天下午，他打好背包，再次爬上了大卡车。这次的目的地，是五百米远的飞行大队。人生没有演习，每次都是唯一。

在飞行大队，他见到了教员。他和徐佩由同一个教员带飞。下午三点到达，这个晚上，王闻飞要吃上他的第一顿空军灶。

进到食堂后，他坐在桌子面前不敢动。徐佩也不敢动。他们俩互看了一下，再看看桌子。桌子上放了四个苹果，一人两个苹果。

政委看到这两个新兵，问他们为什么不拿走。起模范带头作用的思想指导着王闻飞，他让徐佩先拿，徐佩也让他先拿。

政委拿起苹果，分别递给了他们两人。

从第二顿空军灶开始，王闻飞用最快速度吃完饭。早走，可以选择小个的苹果，把大个的留给战友。王闻飞感到身上的责任很重，他要对得起这两个苹果，对得起空军，对得起飞行员的职责，对得起党和人民的培养，他要争取早日入党。

回到宿舍，王闻飞就抢着拿扫把，扫把总是不够的，一个屋子就几把扫把。去晚了，扫把被先到的拿走。抢着打扫卫生是光荣的，在打扫卫生的热火朝天现场旁观，无异于耻辱，是落后分子的表现。

第二天，到达学习场地后，王闻飞拿出《毛主席语录》，左手举着它，右手向毛主席画像敬礼。学员们轮着敬礼。班长带着飞行学员念“敬祝中国伟大领袖毛主席万寿无疆，万寿无疆，万寿无疆”。

学员们重复“敬祝中国伟大领袖毛主席万寿无疆，万寿无疆，万寿无疆”。

班长带着学员背诵毛主席语录。这是王闻飞此后每天必做的事。他能熟背《毛主席语录》的每一页，不用翻找，能准确指出班长带着背诵的是《毛主席语录》哪一页的第几段。这是他和战友们的精神食粮。

如果沿着这个路径一直走下去，王闻飞的军旅生活会持续得长一些，也许前途无量。

5 霞姐

王闻飞没有告诉林一丹，第一次见到她时，他就被她深深吸引了。她的神情、样貌、身材，都像极了他在乡下的邻居霞姐，那个送他红肚兜的女人。

刚到空军飞行学院，指导员找王闻飞谈话前，他收到的那封家信是霞姐寄的。随寄的，还有她做的红肚兜。

霞姐听村里的大爷讲过这样一个故事。

民国三十年，日本人要炸他们村，大爷穿着红肚兜往山上一站，日本人的飞机吓得没敢往村子里投炸弹。大爷说，红肚兜驱邪除魔。于是，她做红肚兜给他，希望他穿上后在天上飞时，就不会有危险和麻烦。

王闻飞护送中山装男士那次，牺牲的消息传到乡里。有人说：“是闻飞所在部队执行的任务，王闻飞也在。部队伤亡惨重，幸存的很少，做好心理准备。”

母亲听完后，当场口吐鲜血。霞姐听闻后，便赶到王闻飞家照顾她，王闻飞的“后事”，她在帮着张罗。

霞姐把王闻飞当亲人。她比他大五岁，王闻飞的早熟、帅气和懂事，深得霞姐喜爱。一想到他，村里的人一提到他，霞姐心里就乐开了花，笑容堆满瓜子脸，带点害羞的颊红，美得不可方物。那是女子怀有爱情的模样。

霞姐不去想未来，她发自本能似地做对王闻飞好的事情。王闻飞和航医茜茜讲过霞姐。他是在飞行大队第一次体检时认识茜茜的，当时为躲避茜茜对他的体检，他说门口有人找她，把她支开了。他不想这个年轻的医生看到他的身体，他觉得不好意思。

他在霞姐面前表现得很自然，但也没有到赤身相对的程度，更何况这是个豆蔻年华的女医生。这个“豆蔻”超越传统意义上的年岁，是丰腴正当好年华。

霞姐来看王闻飞。他在医院住院，胃不好。饥饿的记忆不仅留在他的脑子里，还伤害了他的胃。

霞姐带了很多东西来：毡毛拖鞋，是霞姐一针一线缝的，穿到脚上全身都暖；大爷抓的松鼠，霞姐记得大爷说，王闻飞有次抓松鼠，胳膊腿摔得到处是伤，还往树上爬；菌子干，对胃好，是霞姐亲手做的。

霞姐像变魔术一样，从大包小包里变出一堆土特产。离开村子前，大爷看到一堆移动的大包小包悬在空中，一双穿着布鞋的脚快速而强有力地翻动着，一只接着一只，那是霞姐的脚。她的手里、臂膀上和背上，小包叠着小包，大包叠

着小包，大包叠着大包，活脱脱一个人形包袱收纳架。

松鼠结结实实地被绑在霞姐的胸前，在她的胸前探出个头来，它的眼睛时而动一动，这是能辨别它是活物的唯一方法。

霞姐每天看到的茜茜都不一样，医用褂子下面，有时是件白色的衬衣，有时是最时兴的花色，有时领子故意翻出来。她时不时进来看一眼。有一次，王闻飞看到茜茜给他杯子里加水，奇怪地问了一声：“咦，刚才不是加过了吗？”

这天晚上，霞姐趴在王闻飞的病床前，准备睡一会儿，茜茜进来了。王闻飞刚走开，茜茜趁此机会，看了霞姐一会儿，对她说：“霞姐，我好不容易找到他，不能让给你。你得原谅我。”

霞姐听得脸一红。这两天有护士提到，茜茜是司令员的女儿，她心里像被什么刺了一下。茜茜离开后，她想了想她的话，没了主意。她想不到更复杂的内容。她想问王闻飞，茜茜的话是什么意思，但茜茜是不想让他知道的。她想问王闻飞，母亲怎么办，他的母亲远在千里之外，火车要坐一天一夜。

第二天，霞姐要离开。王闻飞去送她，买了大包小包的衣服、烟酒给她和母亲。霞姐还是一副人形包袱收纳架的模样，她依次翻动她的左脚、右脚，离开了。

临分开前，她使劲地看了看王闻飞。几年来，王闻飞长高了，棱角分明，帅气，英武，一脸正气。她要记住这个面孔，记住她离开前他的相貌，然后永远地离开。

王闻飞对此毫不知情。在他印象里，霞姐不会永别，只会暂时不见，就像他没有想到和徐佩不会再见一样。

飞行大队首次体检结束回到宿舍后，徐佩向他提起一位叫艳丽的航医。在徐佩驾驶的飞机坠毁那天，王闻飞才知道，艳丽是一位敢爱敢恨、爱得炽烈如火的女子。

艳丽听说飞机摔了，可能是徐佩飞的。她像疯了一样往机场跑，往跑道里钻。跑道用铁丝网围起来，她的手被划破了，流着血，她一点也感觉不到痛，像失了魂、疯了一样地哭，在铁丝网旁叫徐佩的名字。无法想象，那个瘦小的身体会发出如此悲恸的尖叫，穿越跑道，穿越机场，在天空中折折叠叠，传进家属院，传进飞行大队，传到人的心里。

徐佩飞机失事的第二天，艳丽自杀了。飞行大队没人知道艳丽的自杀和徐佩的飞机失事有什么关联，也没人去想。他们知道这里的规定：飞行员二十五岁以前不可以谈恋爱。

那时徐佩已被分配到部队驾驶战斗机，那是一次夜航飞行。起飞升空做完常规科目后，一团大的浓积云在徐佩眼前一闪一闪，形成了一个立体的云柱。徐佩对这团云柱产生了征服的欲望。那一瞬间，他把教员提醒的规则抛到了脑后。

夜航的视线不是特别好，他完全没有意识到那团云柱可能是个陷阱。

在高空，他想让飞机围绕着云柱转一圈。转到半圈时，他一看坏了，进入了雷区。在这个关口，他需要迅速做出选择，往左转还是往右转：左转，是更激烈的雷区，电闪雷鸣，如果被击中，飞机毫无疑问会坠毁；右转，云柱的半径太大，增速很快，多久能转出去是个问题。转出去了，回到刚才进入的地方再返航，油可能不够了。

徐佩立即减少上升角度，减少坡度。两样操作叠加，飞机角度发生了变化。战斗机的动力很大，在徐佩做出这一系列动作时，速度突然冲到超过九百公里每小时。

飞机机身产生剧烈颤动。

徐佩试图控制它。他一边继续做减少角度的操作，一边控制动力，把速度维持在九百公里每小时。

小角度作用显现，飞机颠簸越来越小。

徐佩改用很小的上升角度进入云柱。

他心想，有救了。

飞机上听不到任何指挥——绕云柱转圈前，徐佩关了可以联系到地面的设备。

飞机控制住后，他朝机场方向飞去，把油门收到最小。高空的寒冷起雾，在机舱中产生作用，徐佩打开加温系统以驱雾。

过了浓积云后，他调整飞机，慢慢下降高度。

终于看到了地面的灯光。徐佩打开通联系统，报告直接落地，得到了批复。

快落地了。

飞机突然失去控制。

巨大的撞击声打破了夜晚的安宁。一阵大火从山间突然升腾而起，瞬间点亮了夜空。徐佩和飞机一起掉到了机场附近的山里，飞机的油耗尽了。这是不带副油箱的飞机，机箱里的油足够按照规定动作完成训练，但不会剩余太多。

好奇心和征服欲带走了徐佩。

二十岁的艳丽，是在十七岁的徐佩到飞行大队体检时喜欢上他的。他们的感情是如何发展的，没人知道。徐佩出事时二十三岁，艳丽二十六岁。艳丽在遗书里写到，徐佩死了，她活着也没有什么意义。她不爱她丈夫，她想离婚，她想和徐佩一起生活，什么代价都无所谓。

徐佩出事半年前和艳丽提过，想和她在一起生活。等过了二十五岁，他就和组织提。

艳丽不同意。

艳丽的先生是战斗英雄，比她大很多。参战时，她和他在一个部队，回来后他们领了结婚证，艳丽到飞行大队做医护。

离婚是一件很受鄙视的事情，艳丽过不了心理那关。

她害怕。

她目睹从小一起长大的姐妹，因为喜欢了一位有才华的军人，被拉到舞台中央批斗。她一辈子也忘不了那个姐妹眼神里的绝望和台下人对她鄙视的目光。

她记得父母的叮嘱：说话时前后左右看看，不要相信任何人。说错话，可能成为反革命。徐佩和艳丽去世后，有人说他们隐秘的恋情破坏军婚，那是人生污点。艳丽以这样的方式追随徐佩，徐佩一无所知。

王闻飞在听说徐佩失事那天，十分想念霞姐，他给霞姐写了信，却石沉大海，没有收到霞姐的回信，一封也没有，从此也没有新做的红肚兜寄给他。

6 起飞

王闻飞轻轻打开门，把手提箱拎到门外，又轻轻关上门，关门声没有惊扰到他卧室隔壁房间沉睡的中年女人。屋子外面一片黑暗。这里太熟悉了，他眯着眼也能走下楼。楼下，公司的车已在等着他。四月的熊猫城还有些凉，他穿了带外套的飞行员制服。制服是蓝色的，肩部有几道杠，这是最资深机长才拥有的荣誉。

这天，他要用飞客公司的单通道飞机，执行熊猫城到童话沟的验证飞行。小轿车向机场方向奔驰，王闻飞的心飞到了春天的童话沟，这正是姹紫嫣红的时候啊，最美人间四月天，最美童话沟的人间四月天！

驾驶某型运输机，考察童话沟机场选址是在秋天。这次是春天。春天，又一次生命的轮回。童话沟从冰雪覆盖中醒来，一片片的新绿，绿得娇嫩，吹弹可破，嫩芽从小树杈中探出头来，野桃花烂漫，漫山遍野。

王闻飞到达机场，做好准备工作。进入驾驶舱前，他见到了公司的负责人老首长。他笑容满面地向王闻飞点了点头。王闻飞向他行了个军礼。参战离开前，他们的战友也是这样向部队首长行军礼的，他们手中“放单飞”的飞行员离开前，也是这样向他们行军礼的。这是个庄严的仪式。

这趟飞机的目的地，正是某型运输机落地童话沟使用的那个临时跑道位置建起来的机场，位于一个偏远县城小镇的东北方。

几天前，满世界飞着异议的声音：全球在用音讯飞机，而熊猫航空却选择飞客飞机，还用它飞高高原。飞客飞机是电子新技术，才进入市场不久，很危险；音讯飞机的机型成熟，经受过时间的考验。隔壁航空公司开大会时，老板说：“摔几架飞机就受教了。”

老首长对比了几家公司的飞机，他相信技术的发展更新和新趋势的未来。飞客公司给的条件更好，它们对一家小航空公司表现出了足够诚意。

飞机上坐着飞客公司的总裁。王闻飞是紧张的。不过，进入驾驶舱后，他就像完全变了一个人，数十年的飞行经验与特技训练，使他对空中可能出现的情况心中有数。

一个漂亮而平稳的起飞。我想象飞机升空后，老首长手里端着咖啡，咖啡在杯中连轻微的荡漾都没有。

朝阳的红色渐渐出现在王闻飞的视野里，真是个好天气。老首长第一次见到了林一丹，他听说她热烈地拥抱过王闻飞。不过，他像世外高人般，不动声色，对这传言更是不屑一顾，但这并不妨碍他对林一丹形成好印象。她坐在飞客负责人旁边，穿着得体，表达专业，神情乐观，面容坚定，带着微笑，对一个刚毕业的大学生来说，这是超常表现。

有时候，老首长希望王闻飞多为自己着想，生活得更开心。但男人之间，这种话总是说不出口，尤其是有过军旅生涯的人，一说出来就显得矫情。

王闻飞远远地看到了跑道，它在两片绿色的环绕中，越来越近。飞机开始进近，已进入地面塔台的对接区域。

轻微“咣”的一声，飞机落在了跑道上，短暂的急速滑行后，平稳地停在了跑道上。客舱里响起了掌声。林一丹的眼睛里含着泪花。

这是王闻飞的惯常表现。他期待见到小卓玛。

小卓玛长高了，但她纯净透彻的眼睛没有变化，带着高原红与皮肤裂痕的脸没有太多变化。小卓玛一把抱住王闻飞，王闻飞欢喜地露出久违的笑。两支藏族舞蹈后，小卓玛跳了一支看起来有点像芭蕾的舞蹈。

一起坐在童话沟村寨里观赏舞蹈的李英杰像发现了什么欣喜之事，问她从哪里学的。小卓玛说，她从电视里看到一次，学着跳的。边说边脚尖点地，双手举在头顶上方，稳稳地站住，十分自然。她说以后想学跳这个舞蹈，成为舞蹈家。

“这叫芭蕾。”李英杰说。小卓玛学了几次，才学会

“芭蕾”两个字的发音。从他这里，小卓玛第一次听说这种舞蹈。从这以后，小卓玛的人生变化都和芭蕾舞密不可分。

李英杰是芭蕾舞迷，这一点连他太太和王闻飞都不知道。自从第一次看到芭蕾舞表演，他就喜欢上这种舞蹈。电视屏幕里，芭蕾舞演员用脚尖跳舞，表情轻松愉快，女演员脚上的芭蕾舞鞋优美而高雅。

他对芭蕾舞舞者脚部五个位置了如指掌。两只脚脚跟紧靠在一条直线上，脚尖向外180度，这是第一位；两只脚脚跟相距一只脚的距离，脚部向外扭开，两只脚在一条直线上，这是第二位；两只脚的脚跟前后重叠摆放，脚尖向外张开，这是第三位；还有两个位置分别是两脚前后保持一只脚的距离，两只脚的趾踵相对成两直线，腿向外转；以及两只脚前后重叠，两只脚的趾踵互触，腿向外转。

手位也有讲究，分派别。他更喜欢俄国派。俄国派更优雅，洋溢着自信。俄国派手位的第一位，是双手在正面的腹前成自然圆；第二位则更注重双手在旁侧伸，在视线范围内，手心向内；观众眼里呈现的第三位，是双手上举在头顶上方视线内。

芭蕾舞密切了小卓玛和李英杰的关系。李英杰小心保护着他喜欢芭蕾舞的秘密。音乐一响，舞者起舞，他就莫名兴奋，学着样子跳。在飞行大队当工程兵时，他独自躲在空空的跑道跳。战友们去食堂吃饭都离开时，他在宿舍里摆过姿势。一有独自的空间，他就在心里想象着音乐来起舞。

李英杰和小卓玛从此结下了不解之缘，这同样是个秘密。原来，十五年前，李英杰和小卓玛就展开了一个秘密行动。

林一丹和王闻飞隔着一排位置的距离。她穿过去走到王闻飞面前，对他说了声“谢谢”。王闻飞点了点头，“嗯”了一声。春天夜晚的童话沟很冷，他们都穿着羽绒服。林一丹问王闻飞是否可以到屋子外面走走，王闻飞点了点头。趁着大家沉浸在舞蹈与聊天中，林一丹和王闻飞溜了出去。

屋子外面更冷。风呼啦啦地吹。王闻飞提醒林一丹把帽子戴上。看林一丹把帽子戴上后，他们往离屋子更远一点的地方走去。外面一团漆黑。除了屋子里透出的亮光，什么也看不到。王闻飞说，这是我的工作，我并不是为了你才飞的，我喜欢飞行。

他们索性就地而坐，坐在一枝枯木上。在那个室外温度低于零摄氏度的晚上，林一丹问王闻飞，是从什么时候开始喜欢飞行的。这个问题在王闻飞的脑子里盘旋了一会儿：也许是在教员第一次放他单飞的时候。

到空军飞行学院学习飞行后一年多，经过一百三十次起落后的5月4日那天，作为班长，王闻飞成为学员中第一个放单飞的，他倍感骄傲。由于之前有过经验，第一个放单飞的人飞得不好，飘飘悠悠下去，出了洋相，这对接下来放单飞的人产生了很大的心理影响。

教员带他飞了两个起落后，轮到他一个人单飞了。教员不再坐在后排，在遇到可能状况时，也不会有人从后排替他控制和改飞了。后排的教员由一个沙袋替代维持教练机的平衡。

这感觉新奇、奇妙，令人期待。王闻飞第一次穿上降落伞飞行，那种激动心情是不言而喻的，那不亚于他获得梦寐以求的帽子。飞行员喜欢帽子的情结，我是在与和他们越来越多的接触中才发现的。我见到他们时，没有一个不戴有长长帽檐的帽子的，不分年龄和性别。如果他们送帽子给你作为礼物，那可能是他们认为最珍贵的礼物了。

教员看过天气，这天的风速不会超过五米每秒。

在圆形草地机场里，王闻飞学会了根据风向决定飞行方向。刮西风，270度方向，他迎着西风飞。大晴天，王闻飞顺着阳光飞起了！

刚一升空，王闻飞听到指挥员说："请沿着毛主席的无产阶级革命路线起飞。"他赶紧回一句："毛主席万岁，洞两（飞机编号"02"）起飞。"

飞机在空中升腾后，一圈很快结束，快到令王闻飞觉得还很不过瘾。不过，他的起飞已经很好了，堪称完美。快要放起落架时，王闻飞请示："我是王闻飞，请求着陆。毛主席万岁。"

又是一个完美的降落。王闻飞的第一次单飞很快就结束了，不过，那种激动的心情永生难忘，即便是今天，一摸到飞机，他的心情就完全不同，他很享受人机合一的感觉。

喜欢飞行，也可能是比这更早一些的时候。

村里大爷听说王闻飞被招录为空军预备役飞行员时，对他说：“闻飞娃，等着你把大飞机开回来。”招飞的首长和王闻飞面谈时，他从首长这里听到毛主席的指示，便第一次把“喜欢飞行”升级为“为了梦想飞行”。

毛主席的指示是关于中国成功自制飞机的。他兴奋不已地说：“中国是个大国，要有强大的陆军、海军、空军。全国人民都希望我们有空军，开始时我们只有一支小小的空军，就像在天安门阅兵时看到那样。1954年，我们国家自己生产了一架飞机，自从盘古开天地、三皇五帝以来，这是一件惊天动地的大事，虽然还只是一架教练机。”

王闻飞学习飞行的教练机，后来也成为彻底改变他军旅生涯的飞机。

7 爱情降临

童话沟屋外枯木上坐着聊天的寒冷夜晚，虽然很短暂，但王闻飞感到，这是久未有过的平静和轻松。这次聊天，他提到了大爷，想起了霞姐。那段生活过去的时间很久了，久得气息都有些生疏，但那段生活中的人们，随着记忆渐短而愈发清晰。

坐在身旁的林一丹，像是三十年前的霞姐，带给他一种说不出的亲近与自然。林一丹则有了更强烈的情感翻腾，这是与平日不一样的王闻飞。这个夜晚后，两人的关系变得有些微妙，王闻飞对林一丹刻意的疏离瓦解了。

回到熊猫城后的那一夜，林一丹整晚没有睡，那是她二十多岁生命里第一次失眠。她辗转反侧，像烙饼一样在床上翻来覆去，怀着深深的心事。还有几天，她就要回滨城了，她在思考向公司申请调到熊猫城工作的可能性，如果公司不同意，她想辞职到熊猫城重新找工作。但在这之前，她要向王闻飞表达她的心意，她会收到什么样的反馈，如果被拒绝该怎么办？

这是个巨大的冒险。在失眠的疲惫不堪和心力交瘁中晕睡片刻后，勇气又从她的气息里一点点呼出，这时她全身瘫软，像泄了气的皮球。想一想这件事就想哭，眼泪把枕套打湿一次又一次，天仍然没有亮。

王闻飞没有明显的变化。第二天，他继续执行飞行任务，躺在床上时是夜里九点，他打开台灯读《悲惨世界》。童话沟的夜晚，林一丹和他聊起了这本书。两人起身走向有亮光的屋子时，林一丹把右手塞进了王闻飞的左衣兜里。她的手冰凉，他的也不暖和。他的手缩了缩，她感受到了。她的手在他的兜里放了几秒后，下意识地抽回。他的手握住了她的手。

他不知道为什么要这么做，只是很自然。两人分开前，他从她的眼神里看到了异样的兴奋。那是三十多年前霞姐在听村里人提到王闻飞时心里乐开了花的那种眼神，无法掩饰，那么明显，无法阻挡，暗含着勇敢。

天最终还是要亮，每天都这样。太多故事在这天黑和天亮之间忽闪忽闪地开始，又结束。人们能抓住的究竟是什么，是片刻的欢愉，是永恒的心动，还是爱而不得的忧伤？对林一丹来说，那个早上，这些感觉都有，心绪不宁。

无论如何，她要约王闻飞见面，这是那个早晨拉开窗帘见到刺眼阳光后林一丹做出的决定，前一晚的失眠对她思考的问题一点作用也没有。

不能说王闻飞没有一点犹豫。他的犹豫和顾虑是远远超过林一丹的。了解自己很难，到了这个年龄，他对自己的了解依然不够。有一点是越来越清晰的，眼前的生活不是他想要的。他想起了徐佩，想起拒绝徐佩让她离婚一起生活的艳丽，以及追随徐佩而去、在遗书中说不惜一切代价的艳丽，那是同一个艳丽，又是不同时间点的艳丽。

他无法拒绝对林一丹的好感，没有办法不去见她。她就要离开了。也许她离开了，他的生活又回到从前，从前那绝望的生活。

还能怎样呢？茜茜脾气很差，不太讲道理，对音乐和文学充满厌弃。年轻时，她的长相是如此普通。热情的源泉，过去是儿子，现在没有了儿子，就跟生活中一切元素较劲。他能怎么办呢？日子一天天走到现在，他们也不是没有过好一些的日子，结婚初期那一两年，他们有过开心。

有一天，母亲的家书提到，霞姐离开家乡，去了滨城。临走前，她和母亲说去飞行大队看他时，一个叫茜茜的医生让她把你让给她。茜茜看到了这封信，和王闻飞大吵了一架。他如何解释说明也没用。茜茜写了一封信给王闻飞的母亲，问她是否想拆散她和王闻飞。在之后的生活里，母亲从未去看过王闻飞。

在这二十年里，王闻飞见过茜茜二十次，每次几天。其他时间，他们一直过着分居的生活。茜茜的生活里，走马灯似地换过不少相好的男人，但始终和王闻飞保持着夫妻关系。

王闻飞和茜茜说过，跟她在一起前，在书信中请母亲问过霞姐是不是考虑和他结婚。二十多岁的王闻飞，飞行任务一度紧张到组织不批他的假回乡探亲。

他向组织汇报了跟霞姐结婚的想法。组织的调查函发到了家乡，发给了霞姐的家人。霞姐的情况，王闻飞太了解了，她一家三代是当地农民，没有历史问题，不是敌对势力，热爱中国共产党，父母亲都在，没人饿死，不仇恨社会。

可是，谁也没有想到，霞姐姑姑的儿子有政审瑕疵，解放那年去了M城。这个表哥，霞姐没有见过，霞姐的一家跟这位表哥没有过任何往来。随着调查的深入，这个表哥的家人已经去世，就余下表哥一个人在M城。

组织认可了这个结果，王闻飞向组织提出结婚申请。组织给出的答复是不符合结婚条件，原因是有海外关系。对于这个变化的结果，王闻飞没有一点心理准备。他开始向组织一次又一次地做申请和说明。来来回回一年多，组织找人来和王闻飞谈心，让他不要死脑筋，那时霞姐已经三十岁，王闻飞坚持要和霞姐在一起，这个年龄，霞姐还不结婚，她还能嫁给谁呢？这是王闻飞的第一想法。

组织没有放弃对王闻飞的关爱，接二连三地给他介绍合适的女性。一个政委把茜茜介绍给王闻飞，王闻飞一口回绝了。王闻飞给出的回复是看不上，他要和霞姐在一起。

王闻飞的晋升任命，送到组织后，却受此牵连，被撤销了。他给组织汇报时说，接受撤销的决定，但请准许他跟霞姐结婚。

对于王闻飞的胡闹，飞行大队无可奈何。保卫科把他的材料送到总部，作为一个典型材料，在总部会议上专题讨论。

那次讨论会结束后，王闻飞的情况得到会议的通过。收到通知后，王闻飞欣喜万分，他给母亲写信，回乡探亲假得到批准后，就即刻回乡和霞姐完婚。

王闻飞对霞姐的记忆，是一个又一个红肚兜。在那些好不容易买到煤油的乡下夜晚，霞姐点上灯，每缝一针，就寄托一线对他的思念。霞姐对他，是无贪图的好，懂事比常人早的王闻飞把接收到的这些好记在心里。

母亲的回信不久后寄了回来，霞姐不同意结婚。这犹如晴天霹雳，漫长的努力在最后一刻回到了原点。他不明白霞姐为什么不嫁给他，从几年前来看过他之后，再没有给他写过信。

王闻飞痛苦了一段时间，把它好好地藏了起来，他接受了霞姐的决定。组织了解情况后，又开始密集地为他介绍对象，并再次提到了茜茜。他以飞行任务太重、没有时间为由，推迟了和茜茜的正式见面。

空军飞行学院的一次飞行检查，王闻飞去另一个飞行大队出差，给他介绍对象的政委让他去见见她。这次，政委郑重而正式地让王闻飞认真考虑这个问题。

离开政委返回飞行学院的火车上，王闻飞生病了，高烧，被紧急送到附近医院。第二天一早，护士对他说，首长（茜茜的父亲）叮嘱，让我们尽力提供帮助，照顾好你。年岁甚小便失去父亲的王闻飞在那一刻，感动得热泪盈眶。

病刚好，王闻飞就动身回到飞行学院。他刚到，茜茜的信也到了。信中茜茜请他保重身体，下次休假的时间去探望他。没多久，王闻飞就跟茜茜结了婚。

我不禁想，他们的婚姻和生活，乃至感情和关怀，人类这些最朴实的需求，在分居二十年的青春年华里，处于什么样的状态？

8 那时的徐佩

林一丹约王闻飞一起吃火锅。王闻飞带上了他的老战友张亮一起。见面约在晚上六点半。

王闻飞翻出一年才穿一两次的深色毛料西装，配上一件白色衬衣，衬衣已刻意熨烫、晾干再挂起来。他去做了一个发型，他想好了，晚上准备不戴帽子。这个时兴的发型，配上那套深色西装，套在一米八的个头上，王闻飞看起来只有三十多岁。

镜子里的他身材挺拔，肌肉均匀结实，即使躲在衬衣里，也可以看出胸肌。这一身英武，霞姐去看望王闻飞时已经见过了。

坐火车离开那天，她在火车站用力记住了那一刻高大帅气的王闻飞。这一刻的他，比那时更加成熟，神态中有经历世事的坚毅，面容有了岁月沉淀的男人味，身板中有了军营历练的果敢。唯一不变的是，他眼中逼人的少年气。王闻飞散发着各个年龄段女性都无法阻挡的魅力，如果再算上青春期荒芜的情感缺失和二十年部队生涯的单纯，这种魅力又平添了更多。

林一丹何尝不在这次约会中极尽所能地展现最美的仪容呢？当她出现在王闻飞眼前时，他的眼睛离不开了。一套橙色小西装中，林一丹丰满的胸脯呼之欲出，这套衣装显得合身而优雅。脚下一双白色高跟鞋，把她的个头又提升了十厘米。一头齐耳短发，配在稚气的脸上，透露着俏皮。额头上有那么几缕不听话的黑发没弄清楚自己的准确位置，在头顶的二八分界线上左右徘徊，微风一挑，它们忽左，又忽右。王闻飞想伸手去把它们理一理，不过，他被她小小的嘴巴牵住了那么一两秒，手没有抬起来。艳红色的口红涂在林一丹的小嘴巴上，妩媚极了，他居然有点想去吻一下。

林一丹在五十厘米左右的距离向他张开了双臂，这次她没有小跑着过去。等她把双臂环抱在王闻飞的后背时，她的前胸接触到的是交叉着的王闻飞的双臂。这个拥抱显得有点滑稽，王闻飞似乎不情愿地被林一丹抱了一下。这个拥抱以有点尴尬的意味很快结束，这时，他看到她眼圈周围黑乎乎的一圈。王闻飞心想，这丫头没有睡好。

林一丹张开双臂拥抱王闻飞时，张亮正推门进来。他远远地看到了王闻飞，向他招了招手，并目睹了这滑稽的一幕。他像一个过来人一般，在心里嘀咕了一句：这家伙还是招女人喜欢。

火锅局里以张亮说话为主导，这是王闻飞约上战友的原因，他担心第一次和林一丹单独吃饭会冷场。他的思虑是周全的，有故交在，叙旧，气氛热闹。张亮和王闻飞聊起了过去，聊起战斗机编队比赛，眼睛像星星一样亮。

林一丹盯着张亮的嘴巴一开一合，听得津津有味，她找到了王闻飞气质中蕴含的英武和挺拔的来源。一不留神，林一丹似乎看到了一只长长的手臂往她眼前一晃，动作迅捷。王闻飞往林一丹的碟子里夹了一块肉，这一举动充分展现出了他手臂长的好处。四人位的桌子，张亮坐在王闻飞侧面，林一丹坐在他对面。这个动作完成后，讲得眉飞色舞的张亮甚至都没有察觉到。林一丹接收到了这个小小的惊喜，内心乐开了花，这朵花很快在她眉头上绽放，她对着他的方向说了声“谢谢”。张亮也没有察觉。

张亮更没有察觉，王闻飞点了很辣的水煮牛肉。为了照顾吃不饱年代留下的胃疾，这是张亮和王闻飞两人现在都不怎么敢多吃的辣度，有时他们对这个辣度浅尝辄止，更多时候是望而却步。在两个月的接触中，王闻飞记下了林一丹这一喜好。林一丹此时对王闻飞的细致用心是不知情的，她只是奇怪就她一个人夹过这道菜。

几口酒下肚，张亮提起了徐佩，眼睛里出现了一种深深往下压而压不下去的痛苦神情，那是一种让人深受触动的神情，他的眼珠左右转动，眼睛一张一合，夹杂着泪花，像个精灵一般闪动着。

这神情跟一个开战斗机歼敌的壮实矮个，有点难以联系起来。林一丹对我说，她是在那时才知道徐佩。徐佩和艳丽的事情对王闻飞的影响是巨大的。在那个一会儿左，一会儿右，左和右都可能被批斗的年代，战友们渐渐地越来越少说话，即便一向话多得像倒豆子的张亮，在那时也是三缄其口的。

张亮是这么描述那时对左和右的惧怕的：徐佩和王闻飞一起护送那位中山装男士。在批斗会上，中山装男士的胳膊被扳在身后，身体往下压，像只欲飞行的笨重火鸡。情形糟糕时，“火鸡”的背上压着方桌，脖子挂着铁牌子，成了一只飞不起来的火鸡，不仅飞不起来，腰也直不起来。画上的人在这个姿势里休息，打瞌睡，身心分离。他被批斗，有说源于走资产阶级路线，有说是因为左派，有说是因为右倾。

王闻飞的眼神也像穿越到过去，伤感让他变得更沉默。饭后，林一丹和王闻飞一起散步。二零零几年春天，熊猫城夜晚的凉意仍然具有穿透力，不过正好被火锅的热度抵消，夜风吹来时，多了几分惬意。

熊猫城的街头，林一丹很自然地挽着王闻飞的胳膊，像一个认识多年的老朋友一样。王闻飞亦如此。他们越来越默契，相见恨晚。

9 劫持

王闻飞的变化，茜茜看在眼里，女人的嗅觉灵敏得不可思议。这点跟年龄没有关系。她明确知道，她并不难过，但她仍然想控制他。她的生活里，容不得有她不同意就发生的事情，就像一枚橙子，她不剥开吃，放烂扔掉也没关系，但给其他人吃是不可能的。

他们的生活在二十多岁时已经死了。她有时想放他去过不一样的生活，但始终没有这么做。她想也许再等等，总有那么一天，就要放手了。

这次也一样。

她不知道现在这两人到了什么程度，她不相信能发生什么出格的事情，她太了解他了。她知道如何让他的情感被掐死在萌芽状态。

李英杰这天晚上打电话到家里找王闻飞，茜茜说他不在家。李英杰问：“他是和林一丹出去了吗？”他欲言又止。茜茜被李英杰的话带入了圈套，仿佛有个天大的秘密瞒着她。茜茜故意表现得很有兴趣但又不知情。她问李英杰：“林一丹好看吗？”李英杰说：“电话里不方便说，要挂电话了。”茜茜说：“那第二天约见吧。”

王闻飞是在晚上十二点多回到家的。家里依然一片漆黑，茜茜在隔壁睡了。她一向睡眠很好，挨着枕头就能睡着。王闻飞在黑暗中回想今夜发生的一切，太奇妙了，就像内心沉睡的自己复活了。

他和林一丹在路上开怀地唱歌，唱他在过去喜欢唱的歌，唱他进入空军部队学习的第一首歌。林一丹很喜欢听他唱，崇拜的眼神里充满喜悦。他和她说了很多话。很长一段时间以来，他就很少说话了，那场运动让人们之间不再信任，至亲也无法信任。但在今夜，他向一个认识几个月的姑娘说了近几十年来最多的一次话，他喋喋不休。他的生命像是从二十多岁活了过来，一切都充满希望。这让他感到快乐、轻松、自然，他像遇到了这世上活着的另一个自己。他对此着迷。她身上散发出来的纯洁、纯粹、简单和无贪图，如此美好。

明天还能见到她，他带着期待的欢喜入睡。

第二天上午，出门前，王闻飞把自己好好地收整了一番。这是换了一身休闲风格的帅气年轻人，成熟男人的味道在王闻飞的身上表现得淋漓尽致与气度非凡。出门前，他提醒自己带上一顶黑色的带帽檐的帽子，他想看林一丹戴上帽子的样子。

周六上午的音乐广场，人还不多，喷泉倒是欢快地哼着小曲喷起来。王闻飞刚到，远远就看到一个蹦蹦跳跳活力十足的年轻女士小跑过来。他的内心欢快起来。林一丹一来到王闻飞面前，就自然地把手挽进王闻飞的胳膊里。

阳光慢慢出来，时而照在两人的脸上，时而照在两人的身上，时而照在两人的背上。他们的影子有时重叠起来，像奔腾的马；有时分开，是两个拉得长长的人形。

林一丹说，她手提电脑里有《悲惨世界》这部电影，周日她带上电脑一起看。王闻飞点点头。他有种很自由的感觉，这种自由又带着恋爱的滋味。

王闻飞问林一丹什么时候注意到他的。林一丹说，她来这里前，就听说他和飞机被劫持到M城的事情。对她说这个话题的人们说，他特别传奇，是个大英雄。说完这话，林一丹迟疑了一下。她在想要不要再问问他这件事，她好奇极了。更棒的是，她现在就站在这个大英雄身边，那种止不住的崇拜，带着高山仰止的意味。王闻飞知道她在想什么，指了指音乐广场边的凳子，示意她去那里坐。

那是十年前的事情了。九月底的一天，王闻飞和责任机长一起，执飞熊猫城飞南方城市的航班。那天正好是中秋节，返回南方城市，路过瓷器镇时，突然有人在飞机客舱里歇斯底里地吼叫一声，声音穿透客舱和驾驶舱。吼叫者是个男人，他拿着一把三十厘米长的匕首，顶在乘务员的脖颈上。因为受惊吓，乘务员的脸色变得惨白。男人一只手顶着乘务员，另一只手推着他一起向驾驶舱移动。他脸色通红，眼睛里像充了血，激动万分。人的精神和表情因激动而显得异样，让人觉得这并不是一个穷凶极恶的惯犯。正因为并非惯犯，可能因为冲动而不计后果，后果可能不堪设想。从现场情况看，这是一场有预谋的劫机，此时称他为歹徒是不为过的。

歹徒顶着乘务员到了驾驶舱后，王闻飞看清了他的样貌。这是个头中等的男人，约莫四十岁，头发看起来是新理过的，整齐有型。脸圆圆的，眼睛一只大一只小，一只双眼皮一只单眼皮。鼻子有点塌。牙齿从上颚往外突，大半圈牙齿连着嘴巴一起，包着下颚。胡须应该是几天前剃过的，短短浅浅地冒些出来，硬茬茬的。不知道是不是牙齿才咬到了嘴巴，上嘴唇和连着上齿的粉色肉面上，往外浸着血。因为吼叫导致身体透支，他整个人是狰狞中带着一股说不出的傻气。

在这迅速一瞥中，王闻飞敏锐地看到了他夹克滑下来的地方有一排绑得乱七八糟的东西。他隐隐觉得，那可能是炸弹。他心想，不妙。不妙的地方可能出现在歹徒用匕首杀了乘务员形成威胁与恐吓，还可能出现在歹徒要炸机。

“我身上绑了炸弹，爆炸了，所有人都完蛋。把飞机往M城飞！”

歹徒用吼得带点沙哑的声音交代了意图，余下的是王闻飞和执行机长的应变。他已经进到了驾驶舱，乘务员成了人质，歹徒的情绪焦躁无比，随时可能失控，飞机上有一百多名乘客，情况相当紧急。

几十年空军飞行员的历练让他内心十分沉着冷静，他脸上的表情，更是严肃到看不出任何变化。另一位机长把目光投向了他，他早就在观察歹徒时收悉了执行机长的询问。他是王闻飞的学弟，小他十多岁。他的目光显然在搜寻王闻飞的应变主意，王闻飞对此了然于胸。

王闻飞回答说："你不要伤害乘客和乘务员，我们飞M城。"

在离开瓷器镇进入洪城空域时，王闻飞把飞机被劫持的信息通过编码发给了洪城空管。理论上讲，全球民航都将很快获知这一信息，这是一个全球通用的代码。洪城的信息传回来了，询问发生了什么，王闻飞如实报告了驾驶舱内的情况，并要求飞机飞M城。

这架飞机没有飞过M城，王闻飞之前也没有飞入M城领空的经历，对于采用什么路径飞入M城一无所知。这次执飞的是一架老式客机，依靠领航员支持飞行，飞机上的机长、副机长、领航员和机械员都动起来了。

王闻飞向空中的飞机圈子发出求助信号，寻找M城机场资料支持。总部距离M城比较近的一家航空公司的飞机正从附近飞过，飞往西部城市，他们接收到了这个求助信号。

王闻飞在求助信息中告知了机尾号，准备给予帮助的航班把飞行资料很快通过编码传给了他。领航员迅速输入编码信息，准备领航飞往M城。

编码输入无效！

飞行频率和跑道信息也一无所知。

“一条粗的，一条细的，两条跑道。”这是王闻飞机组收到的信息。依据这个信息，即便飞到了M城领空，仍然需要落地前判断在哪条跑道降落。

提供资料的飞机提醒他，如果要飞M城，左转，经滨城，往福建方向飞。

“你确定去M城吗？”

“是的。”王闻飞回答。

拿到频率后，王闻飞与M城领空取得联系。

M城也联系上了，给出的回复是：“M城正遇上台风，可能有风切变，飞机全部停航。”他们向王闻飞确认，是否考虑进入M城。

歹徒也能听到对话。听到对话后，他的吼叫声高了很多度，带着尖利，像把利刃，穿越苍穹，进入听者的心。那种声音带着视死如归和绝望，只能殊死一搏，否则就鱼死网破。

王闻飞在对话中回复：“不来不行啊。”

歹徒利刃般的声音穿越苍穹，深深震动了对话另一方M城听者的耳膜。

“那好吧，你来吧。”他们回复说。

歹徒显然提前做了功课，他提醒王闻飞，不要乱转弯。王闻飞想起了民航的规则，不违背旅客安全和技师安全的前提下，尽量满足歹徒要求，处理人性化，不能强制干预。

歹徒的话让王闻飞意识到，这人不仅看了航图，还看了天气预报，图谋已久，处心积虑。对一个赌徒来说，这是一场关乎生死存亡的算计，他要飞到M城寻找人生的避风港。一个负债累累又走投无路的歹徒，带着媳妇，来了一场空中猎奇私奔。

M城机场很安静，静得不像正常运营的机场，跑道上空空的，有一种特别紧张的氛围。警车在跑道两侧静悄悄地隐匿，警察荷枪实弹地围绕警车埋伏起来，没有一点声音和对话。台风在地面留下了湿漉漉的水渍，东一摊西一摊地在机场各处形成浅浅的水洼，雨点细密地落在水洼，泛起些微涟漪，从驾驶舱看到的地面跑道没有任何异样，但每个望向它的眼神里，都折射不一样的心境。

王闻飞的情绪有些变化，担忧和害怕一起到来。客舱里乘客的情绪变化可能比他更凶猛，飞机落地时歹徒会采取什么行动是未知的，这种未知让人毛骨悚然，就像那排绑在歹徒身上的炸弹随时可能爆炸一般。

歹徒却眼前一亮，似乎看到一种新的未来，那种喜悦神情有穿透性，忽闪忽闪地在一只大一只小的眼睛里展露开来。他顶着乘务员的匕首，随着神经的松弛，有所放松。他相信，这一刻，没有人跟他反抗，唯一的选择就是降落、落地，控制他是一种不明智的反抗，意外会让事态立即升级。

他有一种摆脱旧有生活的期待，尽管他并不知道新生活是什么样的，至少不用害怕被债主抓回去毒打。他记得他的头部没有一处不疼，眼角一汩汩地往外喷血，在寒冷街角垃圾堆旁醒来时，眼睛已经被凝固的血块崩住，他用手扒拉那些血块，血又往外涌，以大哭时流眼泪的速度覆盖了整张脸，一直往下窜。眩晕袭过来，站起来没站住的他倒在垃圾堆里，眼前是无尽的黑暗。

儿子看到他的样子，吓得躲在厕所里不敢出来。媳妇拿来已经用到裂口的毛巾，蘸了热水一点点地擦他的脸，眼泪一起掉在脸上。刚开始是热的，接着变成凉的，和着那些流淌的血的滋味，一起钻入了他的嘴角。

大约是那一次醒后，他决定劫机飞M城。他起初被这个念头吓了一跳，但这个念头又像魔咒，一旦有了就挥之不去，在他的心里和脑子缠绕着，就像种下的一颗种子，迅速生根，枝蔓纵横交错。

去M城的这个想法起源于一次打麻将。乌烟瘴气的房子里放了十多张麻将桌，坐在歹徒对面的人接下来已经没有可以付的钱了。他对着当时还是赌徒的歹徒说，听说有人劫持飞机去M城。

听到这个消息后，歹徒很吃惊，心想终于找到发财的机会了。起意去M城后，他就暗中准备。他已打定主意，最多同归于尽。

客舱里婴儿的哭声惊动了所有人，这哭声让客舱弥漫着悲伤。小婴儿的母亲轻轻拍打着他，想尽力止住这哭声，但结果是，她的眼泪莫名其妙地流了下来。与她同一排的男子用右手捂住脸，用牙齿施力咬着右手小指头，似乎在极力平复内心的不安。

空姐走过来，拍了拍女士的肩，问她是否需要帮助。她摇了摇头。空姐广播提醒，飞机已开始降落，还有15分钟到达M城机场。

10 花样年华

李英杰来到茜茜家楼下，表示要带她去个地方。茜茜心领神会，她想，见到王闻飞时应该以什么样的面目出现？不知情，还是知情？当场发火，还是和颜悦色？要不要大哭一场？要不要指着女人的鼻头羞辱她，或者走过去，温柔地拉起他的手，带他离开？

见机行事。

李英杰漫不经心地往前走，茜茜和他并排着，走了二十多分钟，仍然没有到。他的额头开始渗汗，心里有点疑虑。万一今天林一丹没去音乐广场怎么办？即便去了，如果王闻飞没有和她在一起呢？

他昨晚打电话给林一丹约她一起吃饭时，她说她有约了，要去音乐广场转转。他一点也不甘心，但从话筒里传出去的话语是大度的：“下次再约。晚上好好睡觉。”

“我不确定闻飞哥在不在。”李英杰说。

茜茜点了点头。额头的白头发在一阵风的狂舞中争相立了起来。茜茜看上去比实际年龄大很多，脸上呈现着惯有的焦虑，这种焦虑在跟她眼神接触时就能立即感受到，只要围绕在她身边，就会被她的焦虑笼罩着。很少有这么负能量收割和传递的躯体，抱怨在她的毛孔中驻扎。

失去儿子后，她就这样了，像一个无法恢复的永久性损伤，把她带往不可逆转的方向，她看不惯所有事情，任何一个不顺眼的小摩擦都能使她暴跳如雷。

这一刻还没有，她在期待着一会儿的表演，不过也不一定，如果她还没有不顺眼。茜茜大步向前，摇摆着她有些发福的躯干。女人的体征在她身上已经余下不多，几乎看不到胸，如果一定要确认那是胸，只能通过随着身姿摇曳而若隐若现、上下起浮的乳头来辨认。她的肚子有点往外腆，像是生产后，孕肚的三分之一没有缩回去。

有时候，周围的朋友也会想想儿子还在时的她，她在五十多年的人生里，最大部分的日子是和儿子度过的。王闻飞还在飞行学院时，有一次回家探亲，带了巧克力给儿子。王闻飞舍不得吃，攒了好久才攒下这一堆巧克力。在二十世纪八十年代，那是一种稀罕得很的零食。

到家后，王闻飞把巧克力放在桌上，对着儿子说："给你带了巧克力，快来吃。"儿子很开心，跑到桌前，拿起一块就拆开吃。接着，儿子说："爸，你回去吧！"对于他来说，父亲的全部意义就是一堆巧克力。

儿子知道茜茜的一些秘密，这些秘密的含义是伴随着他的年龄增长和经历世事而渐渐明白的。

奶奶的去世，让他有点朦胧的成熟，那时王闻飞因一场重病而住院，儿子没有从茜茜那里看到特别伤心的母亲，连基本该有的伤心也没有。他听到父亲叮嘱母亲和姥姥，不要将他的情况说给奶奶听，姥姥还是把父亲病重卧床前途未卜的消息告诉了奶奶。

听到消息后，奶奶再次当场口吐鲜血。这一次，不像听到王闻飞可能牺牲了那一次那么幸运。奶奶年龄大了，身板弱了，精神和情绪控制能力也越来越差，没过多久，就去世了。儿子无法体会，这对王闻飞来说，是一生无法释怀的痛，是他永远无法解开的心结，独自回忆过往时，也是他时常落泪的缘由。

儿子也知道，与茜茜关系要好的几位叔叔，在不同时期到家里来帮助她。儿子七八岁时，茜茜拉着他，提着奶粉、水果去看一位叔叔，这位叔叔是茜茜医院药剂科的同事，比她小十来岁，刚刚大学毕业就被分配到这里。

到了楼下，茜茜留他在收发室做作业，收发室的叔叔在旁边陪着他。茜茜就去药剂科叔叔的单身宿舍给他送吃的。

有一次，儿子做完作业，百无聊赖，跑去单身宿舍找她。从收发室出来，儿子沿着一条单车道宽的水泥道往前走。水泥道两旁种了些树，稀稀落落地分布在两旁花台中。花台用一两寸高的砖和水泥围起来。里面没有花，稀疏地有些未经修剪的草。走了五十米左右，他右转入了一个铁门围起来的二层院落。铁门由横的竖的铁枝组成，油漆已脱落，铁枝显得斑驳。用手抓一把，铁锈和油漆残渣便落得满手都是。

院落很旧很破败。铁门两旁是两排五层楼的房子，每层有二十多间屋，中间是公用洗手间和冲凉房，一楼右边靠近铁门的是公共厨房。

儿子拐到右边厨房，没有看到茜茜。她有时买了菜，提到这里来。叔叔做饭，做好饭后，他把饭菜端到宿舍，叔叔和茜茜还有他，三人一起吃饭。

儿子走到一楼右边这排房子出入口，从这里上楼。出入口有一道木门，又脏又旧，常年开着，没有实际作用。顺着木门往里走，就是一楼的楼梯。楼梯很旧，楼梯的扶手是木制的。绿色的油漆只留下少许痕迹，露出木头的颜色，因时年太久，木头的颜色黑乎乎的，又旧又脏。

上了没几级水泥台阶，就转了个角，又上了几级台阶，儿子来到了二楼，二楼笼罩在昏黄的灯光中。儿子往二楼的右边走去，最右边的尽头有一些亮光。整个二楼走廊处在暗黑中，有点像电视中看到的监狱走廊。儿子的速度加快，小跑了一下，往叔叔的宿舍跑去。

宿舍的门关着。宿舍的木门年久失修，有点发胀，叔叔锁门时总是用力地往面前一拉，把膨胀的门挤进门框里后，把门和门框上的铁皮插到铁沟里，再把带钥匙的外挂锁挂上去，锁把对准锁眼往上一挤，扣住锁后，再拔出钥匙。

儿子用身体撞了一下木门。他习惯了这样的方式，以他的手力，他是推不开这木门的。

木门打开了。床上躺着茜茜和叔叔，地上床上扔着内衣内裤。茜茜蓬着头坐了起来，由于过于慌张，被单没遮住身体，露出了茜茜的胸，她用力地扯了一把被单，试图把身体遮住，满脸通红，因为惊吓过度，嘴里没吐出一个字。

儿子没弄明白发生了什么。他看见叔叔裸身迅速起来，在地上捡起裤头，往身上穿，单脚跳着穿，没站稳，套了几次才穿上。儿子觉得滑稽又不明就里，但他知道，这事儿一定不能对父亲说，他转身，往昏暗的另一个尽头跑去。

直到意外去世，儿子也没把这事儿对王闻飞说。由此，他隐隐觉得，茜茜很脏，不配做他的母亲，父亲很可怜。

儿子与叔叔不知是不是和解了，或者他们根本就没有和解，而是默契地不再提那个傍晚发生的事情。儿子对叔叔是厌弃的表情，他默不作声地在收发室做作业，叠纸飞机，想念王闻飞。

五六年后的一天，他听到叔叔对茜茜说他要结婚了。他说家里催，年龄大了，要成家。茜茜当场失态，大哭了起来。后来，叔叔搬走了，不再住在单身宿舍，但单身宿舍那把锁和那个膨胀的木门，永远地立在了儿子和茜茜之间。

儿子一直不知道王闻飞是否知道，有时他觉得，以王闻飞的聪慧，应该是知道的。王闻飞回家时，儿子的表现别别扭扭，两人似乎有些尴尬，可以用隔阂来描述。

之后的生活，儿子见过王叔叔、李叔叔、张叔叔，他们比王闻飞和茜茜见面多得多，距离更近。儿子变得越来越沉默。有一天晚上，和李叔叔一起在餐馆吃饭，他发现李叔叔对茜茜的眼神很异样，接茜茜递过来的碗时，故意拉住了她的手。儿子砸了碗，扭头就走。茜茜并没有去追儿子。晚上到家后，她问儿子吃了没。儿子没吭声，望着天花板，眼睛里全是眼泪。

已经有传言在儿子的学校里传来传去，儿子想把传言向茜茜质证，但不敢，他太怕她了。他更不敢对王闻飞说，他觉得他更可怜了。再后来，他觉得王闻飞和茜茜的婚姻生活就是一出悲剧，没人从中得到快乐，却维持着一家人的模样。他对王闻飞的思念，从巧克力中寻找解脱。有一次，他问王闻飞，是不是可以不回飞行学院了。王闻飞说，他是军人，他有要尽的职责和义务。

在童年生活里，他听到王闻飞提起过越南战争，到渐渐长大成人后，他才知道那个战争的全名是对越自卫反击战。

那时，他生活的小环境说王闻飞培养飞行员，他是英雄，开着战斗机打仗，特别威武。榜样的力量是巨大的，他对王闻飞充满敬佩，立下目标：长大了开飞机，和王闻飞一样，驾驶着飞机在空中翻筋斗、半圈翻转、斜筋斗、X弯筋斗、腾滚。

没人对儿子说过，那些年单人驾驶战斗机的事故率如何。如果儿子知道，对王闻飞身为空军大部队中的一员所承担的职责、压力和危险就会有更多认知，他可能会更加崇拜王闻飞，更理解茜茜与王闻飞之间复杂的感情，也许不单单同情王闻飞，也同情茜茜。

11 无名悲恸

快到音乐广场时，李英杰说他先走了。茜茜大约领会了他的意思。在离王闻飞还有大约半米的亭子里，茜茜坐在亭子的木凳上，看着王闻飞。她在王闻飞的侧面，亭子的柱子正好可以帮她遮挡。

她很久没有这样看过他了。她发现，王闻飞的眼睛里燃烧着火花，有光亮，散发着发自内心的愉快，表情像一个少年。在她的记忆里，她没有对王闻飞有过如此令人心动的吸引，刹那间，她嫉妒极了。

王闻飞眉飞色舞地边比画边说着什么。她旁边的年轻短发女子正用崇拜的神情盯着他，十分专注。

她有点想走了，可是又挪不动步子，之前想过的各种方案似乎在这个场景都用不上。她好羡慕这样的爱情，药剂科同事、住单身宿舍刚毕业的大学生对自己有类似的神情，可是终归在几年后娶了别的女人。此后，她在男人眼里看到的只有欲望，那种发自动物本能的欲望。

近十年来，她跟王闻飞之间的性生活欲望降到了最低，有也是两三个月象征性地完成任务。近两三年来，更是下降到三四个月一次。最近一年，甚至完全没有了。她没有想过去拯救夫妻关系，兴许是更年期已到，她没了欲望。

侧面看过去的王闻飞高大帅气，与她刚认识他时相比更有魅力了。

短发女生把头轻轻地靠在王闻飞肩上。

他们在聊什么呢?

王闻飞的肩膀轻微颤动了一下，他有点传统和羞怯。过了一会儿后，他渐渐适应这种倚靠，略微挪动了一下身子，坐直了些，让短发姑娘靠得更舒服自在一些。

茜茜在想，他们会接吻吗?

茜茜看不到的是，短发姑娘的脸已经红成一个苹果，表情中满溢幸福的滋味。这是她第一次这么倚靠着他，安全感、满足感、喜悦感在内心碰撞得散漫开来，就像玫瑰花瓣，一瓣瓣地在阳光中飞来飞去，浪漫得不可思议。

短发姑娘冷不丁地转过头，朝王闻飞的耳侧脸庞轻轻碰了一下。王闻飞被略带湿气的软糯唇尖惊得不知所措，僵了几秒钟，脸庞感觉很受用，很舒服，一阵酥麻滋味传到了神经末梢，他的身体很诚实地有了反应。他急急调整了一下坐姿，刻意地拉开了两人间的距离。

坐姿摆正后一会儿，王闻飞起身，往远离亭子的方向慢慢走动。短发姑娘起身跟在他身旁，小鸟依人。

茜茜没有往前跟，坐在亭子里，有点发呆，清凉的风吹过来时，她感觉眼角和脸部很凉。不知何时，她的眼角不断有眼泪渗出。这风一吹，她更难过了。兴许是风惹的祸，她急切得哭起来，哭得十分悲恸，哭得不明就里。

王闻飞和短发姑娘越走越远。茜茜哭得喘不过气来，她就那么伤心地哭，悲伤的情绪穿越每一个毛孔，一阵压过一阵，没来由地击打着她。先是没什么声音，泪水从眼角出来，接着像断了线的珠子收不住，接着号啕大哭。路过的人，起初看看她，等她号啕大哭时，一对小情侣上前问她怎么了，是不是需要帮助。她也不回答，也不看她们，只是管够地哭，哭得路过的人听了都想哭。

药剂科同事说他要结婚时，茜茜也这么哭过，不过没有现在这么惨烈。那次，她哭得肝肠寸断。她想和王闻飞离婚，跟药剂科同事一起生活，可是她很软弱，舍不得别人看她成为王闻飞太太那种羡慕的眼光。尽管心中有一种永失我爱的绝望，但没有来由地哭了一个月后，渐渐不哭了，只是偶尔想他，想他切好姜片，用红糖在铁锅里加水熬成姜茶。

她那时感到，哪怕失去这个世界，只要有眼前这个男人在时的踏实和平静就好，那姜茶，她喝了一杯又一杯。第一次端给她姜茶时，装姜茶的搪瓷杯里还飘着做菜锅的油花儿，她皱了皱眉，眯着眼喝了一口，辣辣的，甜甜的，很烫，对于被寒凉侵袭的身体来说，这一口很受用，她几口就喝完了一搪瓷杯。药剂科同事站在跟前看着她喝，眼神中尽是关切，先是怕把她烫着，接着觉得她喝得太快。等她喝完一搪瓷杯后，他国字脸的眉头才舒展开来，透着股矜持。

那种矜持无数次地吸引着她。在她第一次解开他的衣服，看到他赤裸的身体时，她看到过。在她带着儿子，第一次和他一起吃饭时，她看到过。在她冷不丁亲吻一下他的额头时，她看到过。这些，都在过去二十年里，属于另外一个女人。

如果不是看到王闻飞对短发姑娘炙热的眼神和表情，茜茜干涸的情感世界就只剩下封闭和沉睡的过去，可是这一刻，一幕幕又清晰地浮现在眼前。她总归没法穿越时光之门，把过去拉回现在，或者让现在走入过去的人生片段。她没有想到，时间残忍得让你觉得一切都在眼前，但事实上，几十年来钟摆一个刻度一个刻度地摆过，连感叹的这一秒都在摆过。

茜茜仿佛想把走过的人生都哭一遍。她的人生璀璨光华，是从遇到王闻飞开始的。那次王闻飞生病，他从空军部队来到民航工作前几十年里，这是他和她待得最长时间的一段日子。她时常觉得，王闻飞从来没有真正属于过她，他属于空军部队，属于他的战友，甚至属于霞姐。

回过头看，她发现，其实自己没有像她曾经以为的那么爱他，一切虚幻都源于周围人对他光辉的履历、英俊的外表，以及无法掩盖的才华的尊敬和崇拜，还有茜茜父母对他的喜爱，是这些让她觉得她也是爱他的，然而，并没有。那种爱的错觉，她也是在遇到药剂科同事后才开始怀疑的，直到药剂科同事娶妻成家，儿子去世，她一个人独处时间越来越多后，才想清楚弄明白，她和王闻飞之间的关系到底是怎么样。就像她不爱王闻飞一样，王闻飞也不爱她。她们之间，有太多无法共振的频率，相互间无法收到彼此的脉冲。

也是从那时开始，她想过择机放过王闻飞，让他去过他想要的生活，只不过，也许那一天，她的生活更加无望了。父母相继去世后，她觉得自己像这世上的孤儿。她又很纠结，在这孤单的世界里，至少还有王闻飞在同一屋檐下，这是她需要抓住的救命稻草，虽然这根稻草的意义就像是多一个熟人，比熟人更熟悉一些。她已经不可能抓住药剂科同事了，从他成为一个丈夫时，就不可能抓得住他。她去找过他，他很坚决地拒绝了她。

茜茜冒出一个可怕的念头：现在放开王闻飞还不太合适，她还没有做好准备。王闻飞看短发姑娘的眼神，没有得到她的允许，让她气得牙痒痒，那个眼神他和霞姐之间有过，坦诚，率真。霞姐，提起霞姐，过去多少个年头，依然横亘在她的心头。霞姐让她失去了王闻飞最初对她可能该有的关爱。霞姐让王闻飞的母亲和她之间的婆媳关系变得微妙，两人的隔阂直到婆婆去世也未曾消除。在王闻飞心里某个角落，这一点也累积成一个情感黑洞，每每失落或不安到来时，便往黑洞里钻，深不见底。

想到这里时，茜茜有了主意，她立马收住哭声，像刚刚下雨的天空，突然一下放晴，亮了，生出一道彩虹来。

这是李英杰想看到的。他并不是冲着王闻飞去的，他是冲着林一丹去的，他把林一丹对王闻飞的真诚关爱与崇拜看在眼里。在他的生活里，有一个盛气凌人的太太，太太的父亲和王闻飞曾同属一个大的空军部队，后来成为一家公司的老板，太太是老板的女儿。知道她是老板女儿后没多久，李英杰便和她结婚成家，之后他进入了熊猫航空工作。李英杰很明白他娶太太看重的是什么：更好的生活，更简单易行的升迁，更轻松的工作。

他的确也得到了这些，但他没有真正恋爱过，尽管他和一个失散重逢的老乡保持着一种若即若离的关系，这种关系更像是心理和生理上的一种补偿，他说不上有多喜欢老乡，倒是一种没有了可惜、有了也没什么不好的关系。他还在尽力维持他和老乡的这种关系，在他无聊苦闷时，哪怕有个不讨厌的人陪他待一会儿也是难能可贵的。他没有想过，越长大越孤单是真的，这种孤单还是无助的、无法排遣的，不是矫情的，是他无法改变的现状中那些个人与生存环境的矛盾和冲突。这种冲突发生在生活中、工作中，背后还有更大的社会环境、文化氛围和政治惯性。

他没有想过能从林一丹那里得到什么，他对她有占有欲，这种占有欲是出于对真诚和率真的喜爱，真诚、率真和纯粹集合在林一丹身上，她像芭蕾中起舞的天使，纯洁而美好。他想靠近她，这种靠近与他和老乡的关系不同，而是发自内心深处真诚的开启，他觉得林一丹会成为他无话不谈的知己，他们可以先从商业飞机技术开始，再到芭蕾，再到审美，到对社会事件的解读。

“我一定要得到她。”李英杰暗暗下定决心。

⑫ 活在梦里

王闻飞对林一丹说，飞机降落M城机场时，警察荷枪实弹迅速进入驾驶舱，用枪瞄准歹徒。歹徒未有任何抵抗，他把举着匕首的手从乘务员颈部垂下，把匕首扔在驾驶舱地板后，主动抬起双手，伸向警察，等待警察给他戴上手铐。在大家的注视下，歹徒和他太太、儿子一起被M城警察带走。

王闻飞、机组人员和乘客配合M城警察在机场办公室做笔录。飞机落地M城后，乘客们踏上了候机楼，这是执飞的飞机到达M城后，乘客们第一次踏上M城的候机楼。

这是一个特别的仪式。王闻飞这架飞机还在狂暴的台风中穿越时，他们即将到达M城的消息已通报到。M城主管部门开了一场紧急会议，讨论这次事件该如何处理。一场秘密会议后，机场方和警方接到通知，飞机上的乘客可以下飞机，进入候机楼。机组人员可以离开飞机，跟M城主管此事的人员谈判歹徒处置和飞机飞回事宜。

另一边，王闻飞的飞机被劫持的消息已被媒体铺天盖地报道，更新的消息成为突发新闻，在电视上一遍遍地播报。航空公司授权王闻飞全权处理此事，他们信任王闻飞，一位久经考验的空军部队飞行员，一位飞行技术过硬的机长，一位飞行与民航事件处置经验丰富的总飞行师。

谈判桌对面坐着M城主管部门委派的工作人员。

“我们要把歹徒带回去。他搭乘我们航班过来，我们要把他送回去。”王闻飞开门见山，落地有声，铿锵有力，坚决果敢。

穿着西装的工作人员认真聆听，他旁边更年轻的一位男士用笔在笔记本上迅速记录谈判内容。西装人士的回答是不同意。

“那么，我们把歹徒的妻子和儿子带回去。”王闻飞退了一步。他心里很清楚，他个人的力量是无法左右和决定任何事情的。

劫机是国际公约明令禁止的，是犯罪行为，但还是有人铤而走险。

劫持王闻飞飞机的歹徒对M城的了解十分有限，几年前，他偶尔听说来自M城的人一个比一个富裕，都是戴着金链子金戒指的，生活水平高。他听说，一个赌友从水路偷渡到M城，过得很好，有汽车开，有美女，个个美若天仙。

还在空中执飞时，王闻飞已经预感到这是一场巨大的考验。靠近M城时，除了担心飞机上所有人员到达M城时的安危，他还得考虑如何与M城主管部门打交道，接下来飞机飞行路径如何制定，怎么回去，这些都是没有遇到过的。

想到这些时，他更加专注于飞机的落地，一步步面对和解决每个困难。

西装工作人员前倾了一些身体，没有任何迟疑，他的回答仍然是“不行”，这也不是他可以决定的，他只是传达商定好的意见。

“把儿子带回去，照顾爷爷奶奶？”王闻飞没有放弃努力。

西装工作人员的回答没有什么新意，还是“不行”。

这符合歹徒的预期。新形势下，奖励票子的规则以后不会再有。必须加紧行动了。

前一夜做周密安排时，他一再提醒自己，错过这次机会，恐怕这一生都再难有其他机会，他在这里将过上被催债东躲西藏的生活，媳妇和儿子也将在担惊受怕中度过余生。

往哪里逃？赌债是他欠下的。即使他洗心革面做人，没三五年，这些钱也还不完。他想洗心革面，等着他赚钱存钱再还，但谁给他时间和机会洗心革面？

这些可能性统统没有。

上一次是在垃圾堆旁，下一次会不会在河沟里？他觉得没有其他路可以走了，去M城是唯一出路。到了M城，重新开始，把人生重启。

接下来是如何发布一个声明。王闻飞提到了严惩劫机犯和劫机犯罪的国际条例。

“M城不能成为劫机犯的避风港。”王闻飞义正词严。

记者把谈判办公室围得水泄不通。晃眼的闪光灯在谈判双方的眼前此起彼伏。王闻飞说得分外庄严，他的话很快出现在M城的电视新闻报道中。

结束谈判，刚回到飞机上，M城谈判方安排送给机组和乘客的月饼及三明治也同步到达。

这是一个特别的中秋节。

M城市民送上飞机的月饼软软糯糯。乘客们在飞机上拆开月饼和三明治，吃出了不一样的滋味，有的吃出了化险为夷破涕为笑，有的吃出了石头落地捡回一条小命的侥幸，有的吃出了节日里饭桌上父亲温暖的笑脸，有的吃出了恋人期待的目光，有的吃出了客户谈判桌前的释怀和握手相欢，还有的吃出了独自欣赏圆月升空的安宁与清亮。

坐在客舱前排的中年商人用音调软糯的腔调唱起了“人生可比是海上的波浪。有时起，有时落。好运，歹运，总嘛要照起工来行。三分天注定，七分靠打拼，爱拼才会赢”。

坐在他一旁二十岁出头的儿子附和着父亲的声音，一边打着拍子，一边跟着唱起来。

拿到飞行资料和飞行地图后，王闻飞的心情并未变得轻松。

老首长问他：“怎么飞？”他说：“取道滨城。”老首长说：“空中可以转向。”王闻飞明白了老首长的潜台词：

先飞离M城空域，再见机行事。

王闻飞的飞机离开M城空域后，接到空中指挥，他右转直飞。午餐时间刚过，王闻飞的飞机落地南方城市，落地的那一刻，王闻飞才感受到一丝解脱，这飞行生涯中独一无二的中秋节，独一无二的国庆节，就快要过完了。

公司派来接乘客的另一架飞机和机组成员，带着乘客们驶向他们要去的目的地。前一刻还是轰轰烈烈的人生，下一刻就静默得像什么都没有发生过一样，乘客总算被他安全带回来了，这是最重要的。

王闻飞的飞机还在南方城市。他和机组成员在一个个问询和调查会上，一遍遍回忆发生的细节。

学弟机长担忧地问他：“你说我们会停飞吗？”

王闻飞想起，老首长听说公司飞机被劫持了后问：“飞机是谁飞的？”那时飞机刚飞离瓷器镇，歹徒吼叫着押解乘务员做人质，被劫持的代码已在各个区域散播开来。听到回复说王闻飞执飞，老首长的担忧便减少了几许，他对王闻飞的飞行技术和应变能力很有信心，他知道他们是如何从空军部队飞出来的，有多少人没有通过一轮轮的考核而离开飞行大队。王闻飞那批，招飞报到时有几百人，留下的不过三分之一，这三分之一还分散在教员、轰炸机和战斗机的不同门类。

茜茜家的电话在傍晚响起。公司保卫处的人跟她说，他从电视上看到新闻，王闻飞的飞机被劫持去了M城。茜茜在电话里愣住了，她一时没说出话来，读大学的儿子这会儿不在家。

茜茜有点慌。

从成为空军飞行员太太那一天起，她就有点慌，不知道哪天会接到什么通知，她一直拒绝接到类似消息，尽管这看起来像是逃避，就算是逃避，她也拒绝。后来她渐渐习惯了这种角色，与其说是习惯了这种角色，不如说是刻意忽略她扮演的这一角色。

回到熊猫城后，安全部门、警察等机构人员一波接一波地跟王闻飞会谈，了解情况。等他从汽车转自行车回到三楼的家时，茜茜给了他一个同志般的握手。

十五岁就拿枪开启军旅生涯的王闻飞，在三十多年后，再经历了一次生死考验。这一次，他在军旅生涯中所受的锤炼，让他坚毅沉着，勇敢自信。

我后来想，王闻飞回家那个晚上，茜茜为什么给了他一个同志般的握手，没有特别的情绪反应，那可能是因为她怕她的情绪反应让王闻飞更难心安，索性强压着情绪。

歹徒在登上飞机那一刻，王闻飞就注定要经历人生中的这次考验。那个晚上，他躺在床上，回想着两天来的一幕幕。歹徒劫机时，他担心歹徒一冲动把乘务员杀了。飞机进入M城时，他又担心出现风切变，在心理上铺垫和准备，穿越台风中的雷暴。一整架飞机上的人员性命都系在他手中，沉甸甸的责任压在了他肩上。飞到M城后，到底怎么办，落地前，他需要理清头绪。他依然记得，那个晚上，到次日零点一刻，他还醒着。

王闻飞未向他人提过那晚的感受、那几天的感受，这些时刻在他心底压着，压了很长很长时间，一直压到在熊猫城酒店里我见到他的那个时刻，压到他和林一丹见面那个时刻，压在他生命的长度中。

最初那几天，有空了，片段便像电影画面般在他眼前播放，接着是有人提到M城，有人提到劫机，有人提到安检，这些片段又从某个地方闪现，在他眼前呈现，从未远离过他。

那时，他偶尔回想得更远，回想他是如何从一名空军部队飞行员转为民航飞行员，深长的夜里，如何背一个又一个单词，学习英语，做梦都在模拟处理空中紧急情况时的场景。他心里感慨，我这一辈子啊，都在飞行的梦里。

13

荒芜的青春

林一丹紧紧抱住了王闻飞，她想以此表达对心目中英雄所遭遇的一切的心疼，她很惋惜和遗憾未能参与他过去的人生，一种相见恨晚的情感在她的内心里升腾。

这种情感中还混着更多复杂的体会，仿佛善良的人探知到另一个善良的人释放的善良，又仿佛幕后英雄所付出的一切被人们遗忘和忽略，而她在今天拉开了剧幕，她要认真看完这出剧，与剧里的人一起经历喜怒哀乐，参与剧中人的人生，进入那些与死亡和荣耀共存或选择的瞬间。

王闻飞从没有这么想过，从未想过自己是英雄，也从未以英雄自居，他觉得时代赋予他军人的职责，赋予他空军飞行员的角色，赋予他民航机长的角色，赋予他总飞行师的角色。他热爱这其中的每一个角色，并努力扮演每一个角色，其中，当然包括他那不称职的父亲角色，以及无力抗争不幸婚姻又无法扮演及格丈夫的角色。

他曾经体会到茜茜的关心，虽然那可能并非世俗人所描述的爱。

那一刻起，林一丹对王闻飞的感情发生了奇妙的变化，她对他有一种不着边际的仰慕和敬佩。这些仰慕和敬佩，掺杂着对他在过去人生中一次次与死神擦肩而过的同情，这些情绪，让林一丹的善良显得更加具体。

她抱着王闻飞不愿撒手，满脸的羞涩和矜持，这不太符合她的性格和惯常表现。她就像知道了一个可怜人的身世一般，对他万般怜惜，这种怜惜没有来由，却汹涌澎湃，表现为更加炙热的情感。

在这种情感的驱使下，她慌乱而笨拙地把嘴唇贴在王闻飞的嘴唇上。王闻飞在片刻不易察觉的迟疑后，迎上了放在他嘴里的舌头。他们像两个失散多年的恋人，在奇妙的时空里找到了彼此，那种发自内心的思念像决堤一般，在舌尖碰撞出电光火石。电光火石在两人身体里兀自燃烧，不受意念控制。王闻飞是有意念的，他感到张开双臂拥抱着的这个人，是二十多年前的霞姐，霞姐一针一线缝制的红肚兜是他生命里最原始的欲念之源，曾经在无尽思念中燃烧过他的青春。

他青春的情感世界多么像原野上的荒芜野草啊，林一丹想。他青春年华的情感怎么可以是那样的呢？他怎么不能喜欢自己喜欢的，爱自己所爱的，而是像野草在冬日里枯萎一般，随意让它枯萎呢？

她想起火锅局上张亮提到的徐佩。徐佩和艳丽的爱是纯粹的，可是他们的情感为何如昙花一般，刚一显现，还没开始就结束了？她臂膀中这个人和她呢？她莫名地担忧。

艳丽的军官先生呢，他视死如归在战场上拼杀，是否就为了与艳丽这样的女子共度一生？艳丽的先生在和她结为夫妻时，兴许并不是这么想的。他也许只是像普通人一样，想有一个家，即使在战争中也心怀希望和感念。

战争不仅代表流血和死亡，还有难以言表的忧伤，就像那些压在王闻飞情绪上的非常时刻，尽管表现形式不是一枪一弹，鲜血奔流。这也是二十年后，林一丹因英雄机长刘传健的非凡经历，再次与王闻飞相见时想到的，她似乎从刘传健身上看到过去的王闻飞。当然，这些都是后话，还是在距此很久很久、他们共同经历了跌宕起伏的人生和成长后，她才能想到这些。而此时，如果他们都有若干年后在熊猫城相见时的心境就好了。那样，他们的人生轨迹会否从此改变？然而，成长是没有如果的，它只能在时间脉络上，本色出演那一刻的自己。

此刻，在音乐广场，他们是全身心投入地拥有彼此的，他们的吻变得急不可耐，怎么也不够表达内心里渴望的，对过去未曾相遇时光蹉跎的遗憾。

这世上怎么有林一丹这样的女子呢？原本，他觉得未来的生活，静得像所有乘客和机组人员都离开客舱，寻常得像他才起身走出驾驶舱一样。寻常和规律，从容和淡定，是他作为一名飞行员从第一次操控飞机开始就定格的。

林一丹感受到了王闻飞的投入，这是她第一次感受到的。矜持的王闻飞在她面前正逐渐打开自己，打开过去，让她走进他的世界。她找到了一个通往他内心深处的更好通道，只是她不知道，这个通道打开，是因为她的纯粹。王闻飞沉默寡言，但若他向谁打开内心的大门，这人就会进驻他的心里，就像日积月累中，霞姐不知不觉进了他的内心深处，再也没有出来过一样。

林一丹踮起的脚尖缓缓有些往下落，她很不情愿地调整了一下身体的姿势。王闻飞试图把脚垫在林一丹脚下。在他做这个动作时，他似乎远远看见了一个中年女人的影子，这个影子像幽灵一般，击中了他。

一个念想突然入侵到脑海里，王闻飞放开了林一丹。那个念想成为他头脑里的一根弦，总能跳跃出声声嗡鸣。尽管和林一丹相处几个月，但在他感受到心里的青春复活时，他想到了未来。未来怎么办？这个问题又来了。他想过就这么愉快地度过林一丹还在熊猫城不多的几天，未来就交给未来吧。可是，当林一丹什么也不贪图的纯真情感传递到他心里时，他想认真地想一想未来。

他和林一丹没有未来，和他在同一个屋檐下生活的是茜茜。

王闻飞努力摆脱这根弦，越用力，这根弦就将他捆绑得越紧。茜茜，过去的茜茜——那个他在空军飞行大队生病住院时，和他待在一起时间最长的茜茜——被留在了过去，即便他离开空军部队，去到民航做飞行员、机长后，那个茜茜也再未回来过。

住院时，他经常做梦。醒来时望着白色的天花板，天花板的墙面有些脱落，看起来有些颓丧。不过，这种颓丧也没有他对于不能再飞行的担忧那么让人苦闷。

滑跑、起飞、穿云、入云……虽然是固定不变的程序，但每次都那么吸引他，这种吸引，每次都不一样。那些有板有眼、有棱有角的规定动作，尽管已经被软件处理过，但还是那么让他兴奋。直到红色信号弹从枪口跳出，把飞机落地停稳，他仍感到不过瘾，期待再来一次。

在一片白色中，白色的桌椅，白色的床单被套，白色的世界里，他仍恍惚在云间，一个完整的飞行日至少需要十个小时。他在早上醒来后又睡过去的间隙里，经历了一整个飞行日飞行中的全部过程，每个细节都那么真切。在飞行结束时，他还到塔台做了一回飞行指挥。飞行指挥的角色，他并未真正做过，但那个瞬间，他感受到特别的满足和愉快。

病房门被推开了。声音很轻。

他佯装睡着了。

两根细腻的手指在他的鼻息间探了探。

他保持均匀呼吸。

手指好像识破了他，夹住了他的鼻子。

他一骨碌爬起来，笑了。手指被他握住了，凉凉的。

透过指缝，窗外的晨光铺展开来。他仿佛闻到了晨雾和露水的味道。病房里消毒水的味道瞬间不见了，死气沉沉也不见了。他多么渴望有个人，在他想念飞行时出现，免得他越陷越深。想念飞行是孤独的，是缺乏生命力的。在晨光、晨雾和露水间，他感受到了生命的舒展。又是新的一天。

茜茜拿着一捧花，花儿上有露水和晨光的味道。

“祝贺你可以飞啦。”茜茜的话像花儿一样，五颜六色，带着乐器的声响，叮叮咚咚，满屋子一层层洒落，又弹回来，落在了他的心里。

没有比这更好的消息了。

“不是还不确定吗？”他有点难以置信。他害怕“可以飞”的消息只是握在掌心的水，一紧张握得太紧，就会从指缝间溢出。他小心翼翼。

“让你开心的！得了得了。飞上天了也还是在我的手心。”茜茜说。

面容俊朗的王闻飞嘿嘿地笑着，喜悦在眉间飞舞。那个在他的一生中打动过无数女人的笑容中，一股机灵劲和灵巧，此刻正在他的眼角流转。

“这么早醒了？”被开门声吵醒的。“那么轻也能吵到，你在做梦吧？”他没吭声。“梦里有我吧？”他还是没吭声，在回味茜茜这一股子暧昧。“你不会梦见我的，梦里有谁也不会有我。”他望向那个叽叽喳喳吵个没完的薄嘴唇，竟有几分与往日不同的俏皮。

“起床去锻炼吧，盼着要飞的人，身体要在状态。”说话间，茜茜带着甜蜜离开。那时王闻飞在想，一个司令的女儿，这么多飞行员，她怎么就钟情于自己。

带着青春气息的茜茜在那时吸引过他，那时的她没有那么多怨怼和怒气。

尽管身体和心里都遵照着一种意念，让他沉浸于林一丹带给他的吸引，王闻飞还是被这根弦崩得直直的。他轻轻挪了挪身体，拉远了和林一丹之间的身体距离。

林一丹眼中的柔软，汇聚成被拒绝的娇滴滴的窘迫，她用双手捂住了脸。

14 照片和往昔

这天晚上，王闻飞一进门，见茜茜没有睡，她坐在餐桌旁，等着他。

王闻飞觉得情况不对。

他看到桌上放着照片。他斜睨了一眼，照片里是他和林一丹，两人紧紧抱在一起，嘴唇贴在一起，眼神里流转着欲望。

王闻飞不解，照片是哪里来的？他没有问，当作没看见，只是简单说了句：“早点休息。”

茜茜没吱声，起身回到她的房间，在他隔壁房间。

照片孤零零地躺在餐桌上，他看到的那张是茜茜刻意摆在最上面的。他琢磨不透自己，也不知和茜茜说什么，她早已不在意他，看到这照片，她会有什么涟漪泛起吗？

茜茜收到匿名寄来的平信里这些照片后，哭了，内心的温柔被打开，眼里出现了路过操场时，王闻飞把自己绑在滚轮上的样子。滚轮高速飞转，满地都是它搅碎的月光，她看着滚轮中旋转得乱七八糟的他，月光一样的柔情在心内弥漫。他那么孤零零，在月光里越转越迷蒙。

那时她找王闻飞谈话，让他必须住院。他回答说：“你要我一个人在医院过春节吗？”住院的事情不了了之。

大年三十一过，部队复飞。王闻飞去了外场，茜茜发现了他，赶他回去休息。他对她说：“我去塔台指挥，不飞。”言语中是让人心疼的妥协。

她还是发现他飞了。

那天晚上，云层低垂，像被一层无边薄膜笼罩起来，薄膜上是氧气、星光、清风，薄膜下面黑压压的，氧气稀薄，令人窒息，雾气深重、浓稠，草地上的草被压得弯下一半腰肢，不堪重负。这是夜间低气压，运气好了才会碰到；不，是运气不好才能碰到。

跨昼夜飞行准备中。

飞行指挥塔方向，红色、白色、绿色信号灯争相闪烁，营造了一种紧张的氛围。航空时钟一个刻度一个刻度地数过，向零点靠近。

指针数到了零点。王闻飞东张西望，从塔台上悄无声息地走下来，手里拿着他的蓝色头盔。

“你做什么？”茜茜一把抢过他的头盔，由于用力过猛，头盔往地上坠，接近地面前，在茜茜前脚背上弹跳了一下，无助地落在了茜茜脚边。

王闻飞拉了一下茜茜的手臂，示意她到暗处。

“这么难得的低气压，老天爷成全，怎么能不飞？不飞，那是违背老天爷的意志。”他一副哀求和告饶。好看的眼睛里有深不见底的忧郁。

“不行。你身体条件不允许。其他人飞我不管，你让其他人飞。”茜茜狠着心。

“我就飞一罐油，加起来也就几个起落。”王闻飞声调低了一些，有点楚楚可怜，却对坚持的东西丝毫不放弃。

茜茜的眼泪流出来。她习惯性地说：“不行不行。”

王闻飞弯腰快速捡起他的头盔，向他的飞机跑去，在驾驶舱坐好后，“咣”的一声拉上座舱盖，把茜茜隔在座舱盖外面。

发动机轰鸣声声，像要将黑压压的夜吞噬，叫嚣着，划破了夜的宁静。明晃晃的火焰迅捷地吐出，很快在夜里消逝。飞机划出了停机坪，冲向主跑道，加速，一跃而起，腾空，翼梢一红一绿闪亮的航行灯，在冲破薄膜时微弱得像是消失了。冲出薄膜后，飞机循着星光而去。

机场安静得悄无声息，刚才发生的一切像是幻境。

多少个这样的幻境曾在王闻飞脑里一次次地演绎，每演绎一次，心里就揪一次，揪得紧紧的。

茜茜在无边无际的安静中揪紧了心。

飞机猛地钻出云层。她还没来得及把一口气倒过来，飞机就落在跑道上，她刚想张开嘴做出吃惊的表情，飞机又一次钻入云层。

一个又一个起落，她的担忧跟草地的草一样，无助，无助。

最后一个起落，飞机滑向了停机坪。

茜茜像离弦的箭一般冲过去，机械师还在路上，她已打开座舱盖，解开王闻飞的保险带，褪下降落伞。

王闻飞眼睛里、眉头上、嘴巴、鼻子都在兴奋，过瘾过瘾！驻停的红色信号灯下，他的脸色惨白。

茜茜拉他起来，他的手冰凉，身子有些颤抖，传递着一种虚弱。刚出座舱，一股热流就从他的喉咙眼往上蹿，巨大汹涌，喷薄而出，他一俯身，红红的、带着体温的鲜血从他嘴里喷到地上。

那一刻，她手里拉着的王闻飞是属于她的。

然而，回到现在，茜茜打开信封拿出照片，一张一张地看。照片中的短发姑娘，头发飘逸，清亮的眼神配上青春的面庞，透露着生命力，这种生命力让她震撼。

两个小人在她脑里打起来，一瞬间是魔鬼，一瞬间是天使。魔鬼让她产生复仇的冲动，天使让她萌生一种大爱的怜惜和成全。

等她彻底冷静下来后，她决定让他知道她收到了这些照片，但也不想追究什么，就像他书画诗意，能歌善舞，越来越多有才华的男女青年围聚在他身边一样，她视而不见。

不完美的天使战胜了不恶毒的魔鬼。

王闻飞在房间躺下，听到隔壁关灯时发出的一声脆响。他也关了灯，像是一个呼应，他收悉到了她，她也收悉到了他。

黑暗中，尖利的呼啸和轰隆的回响汇聚成巨大声响，像那时一样，再次在他的回忆中，震荡着他的耳膜，那声响震荡着门窗，嘎嘎地响。他随着这声响奔到了窗口，四架银白色战斗机高昂机首，编成左楔形，朝着无尽的天宇而去。

流线型的机身，三角形的后掠翼，在阳光下闪闪发光。突然之间，机群猛地180度大转弯，刷刷地翻转过来，向下俯冲，像是追捕野兔的敏捷山狼。

野兔奔跑到了他的窗口，飞机俯冲向他的窗口。巨大声浪越来越猛烈，排山倒海，涨潮般劈下来，将他裹挟进去。这裹挟有男人间拥抱般的含义，很MAN的气概，令人呼吸紧促，心醉神迷。

久违了啊，太开心了！王闻飞满身心地激动，他要编队，他要飞行，不是在白色的包围中，不是沉沦在消毒水的味道中。

他一见飞机，就什么都忘了。茜茜把站在窗口的王闻飞扳转身，他光着脚，茜茜给他套上了霞姐做的毡拖鞋。

霞姐杳无音讯，在他的世界里消失了。茜茜在隔壁房间，在同一片深夜的黑暗中，他们怀着各自的心事。

他打定主意，把他的情况和林一丹说清楚，不能欺骗一个姑娘的纯情。他一点也不想欺骗，哪怕隐瞒也不行，还要特别珍惜，可是他没有选择。他想起了儿子。茜茜只有王闻飞了。

奇怪的是，次日，照片像长了腿脚，在熊猫航空里飞跑起来，跑到了老首长的办公桌上。李英杰坐在老首长办公桌对面的椅子上，对看着老首长。

“航材室的同事说，老王像焕发了青春，拥抱女性的样子很着迷。他们说，听说那个林一丹在欧洲总部的老板，为了卖飞机，在欧洲的什么航空公司老板办公室里，把裤子褪到脚后跟，进老板办公室汇报工作的高管一推开门，全办公室的人都看见了。可是奇怪了，林一丹卖不卖飞机给咱们，也不是老王说了算啊，还得你说了算。”李英杰说。

老首长没吭声，不过他后脑勺发出的鄙夷和不屑的气流在脑里转了一圈，只是还没有到达鼻腔里变为“哼”时，已削减为了零。

老首长觉得李英杰挺无聊的。他甚至想，同为空军部队出来的，他的老团友怎么找了这么个女婿。尽管对他的为人早有所知，但老首长亲眼看见他转述消息时那种落井下石般的兴奋，还是对他的个人修为有一种新的遗憾。

老首长意味深长地看了李英杰一眼，接着点了点头。

李英杰没有离开的意思，他在一种火热的情绪里不能自拔。不了解的人觉得他这是八卦。他自己甚至也没有察觉到，他其实是嫉妒王闻飞，他对林一丹的占有欲在作祟。

在音乐广场看着林一丹投入王闻飞怀抱时，他恨不得冲上前去给王闻飞一耳光。嫉妒之火在他的胸膛里熊熊燃烧，尤其是他们嘴唇相接的瞬间在他的镜头快门中出现时，他的胸腔里都沸腾了，他把距离拉到最近，相机框最大限度地呈现他们间最细微的表情和动作。

他没注意到，在看到“王闻飞”三个字、听到人说起这个名字时，他都已下意识地充满愤恨。在这种愤恨情绪中，他做出什么事情都不奇怪。

老首长隐隐觉得，李英杰对此事的关注程度有点过头，但也还不好判断因为什么。

跟林一丹公司的合同早就签了，用他们两人的事情来说事，是别有用心的。在此次童话沟的试飞中，无论王闻飞还是林一丹，都表现出了他们的职业能力和职业态度。一个英勇无畏，有谋有略，一个勤奋细致，沟通能力和语言能力都很出色。至于是否暗生情愫，是人性使然，王闻飞终归是性情中人，自然知道分寸。

老首长心里已有大致的结论，不过，李英杰看起来不依不饶，有点出乎意料。王闻飞是李英杰的伯乐，难道这次真的是王闻飞城门失火？

“林一丹是毕业一两年初入社会的小姑娘，王总和年轻姑娘打得这么火热，感情经验很丰富啊。这对公司的影响恐怕不好。”李英杰说。

老首长还是没吭声，他看着坐在对面眉飞色舞描述的李英杰，似乎对于这些照片怎么飞到了自己办公桌上有了答案。

这天，王闻飞和林一丹的照片成了公司里的热门事件。

见过照片的人很少，听到照片故事的人很多，越传越神，传到了茜茜耳朵里。

王闻飞在飞行员休息室见到和他一起执飞的另一名机长，这位机长说，公司里都在热烈讨论和传说王总的风流故事。王闻飞听完后，笑了笑，问他怎么看。机长说，人们总爱听传闻，不足为奇。如果男主角足够帅，女主角足够年轻漂亮，那就更容易让人产生联想。

上飞机前，王闻飞打定主意，等执飞完这个航班，就回来找林一丹聊一聊。

王闻飞还在空中飞，他和林一丹的合照故事却像打开了潘多拉魔盒，公司上下把故事编得惟妙惟肖，有灰姑娘和王子的版本，有陈世美版本，有逢场作戏版本，有用尽心机版本。这些版本，王闻飞和林一丹都没有经历过，他们过去甚至对这些版本的故事情节都知之甚少。

林一丹的晋升报告已在公司内部批了，等着林一丹回公司后宣布。“照片门”事件传到公司后，有人开始反映情况，要求撤销对林一丹的晋升决定。

“你和王总的事情，我们都听说了。你很幸福吧。”同事打电话给林一丹。正在酒店写总结报告的林一丹，一时之间没弄清楚同事跟她说的是什么意思。

“王总？”林一丹迟疑地问。

“你不是和他一起工作，负责试飞吗？那个飞机被劫到M城，把乘客送回来的英雄。你现在都成名人了。”同事说。

林一丹还是没弄明白怎么回事，但她感到有点担忧。思前想后，她决定先找渠道了解清楚发生了什么。在脑里搜索了一遍后，李英杰是她在合作的这家航空公司里更熟悉的人。

林一丹拿起电话，打到李英杰办公室，约着和他见面。出门时，外面的风突然变得猛烈，眼看一场大雨就要来。林一丹顾不上想伞的问题，迎着大风就往街上走。风吹得她的眼泪哗哗往下流，她心里只有一个念头，那天在音乐广场担心的事情发生了，她的爱情还没有开始，可能就会在这场大风中死亡，而这场大风，她还不明白怎么回事。

狂风夹杂着细雨，向林一丹铺天盖地地砸过来。浮尘在狂风中上下起落，有那么一些微粒停驻在她的眼角周围，让她看这世界愈发模糊。她想起上一次失恋时，大学同学对她说，女人的爱情，像一场一厢情愿的孤勇。

坐在出租车里，林一丹一声不吭，失魂落魄。后视镜里，出租车司机看到一个脸色惨白的姑娘无声地在哭，眼泪顺着脸颊流个不停。这个姑娘没用手擦眼泪，也没有遮挡着哭相避免被人看到。她双手撑在身体两侧，似乎如果不用手撑住，身子就会缩到后排座位下面。

林一丹下车，往咖啡馆走，暴雨瞬间泼湿了她的头发。一个男人拿着一把大伞向她冲过来，一把护住了她。她顺势抱住了这个男人，哭声从她的声带里释放，像是经过了许久的压抑，放声大哭。这个男人听着这哭声，心都碎了，他像抚摸孩子一样轻抚着她的头，间或用手拍拍她的背，表达安慰之情。这放声大哭持续了至少几分钟，路人在雨中急急奔驰，仍不时转过头看看是什么让她发出如此悲恸的哭声。

李英杰完全不在意路人的目光，林一丹在他的怀抱里让他感到被需要和踏实。他就那么一手撑着伞，一手抱着她。暴雨未休，斜着打在两人身上，一会儿工夫，除了胸前，两人身体的大部分地方已淋湿。李英杰的全身肌肉有点僵，但他一动不动，生怕打扰到了林一丹的情感沉浸。

林一丹终于停止了大哭，仿佛用尽力气，连小声的抽泣也没有了，顿时收了声，却显得虚弱疲惫。李英杰看着她，示意往咖啡馆走。林一丹跟着他的脚步进了咖啡馆。

落座后，李英杰让她去洗手间洗洗脸，把打湿的衣服处理一下。林一丹往洗手间走去后，李英杰往咖啡馆旁边的商业中心走去。一会儿工夫，他挑了一套衣服，提着一双新拖鞋，走回咖啡馆。林一丹穿着咖啡馆服务员送到洗手间的衣服回到座位，全身开始暖和起来。

林一丹喝了一口热咖啡，把刚才接到同事电话说的内容和李英杰说了一遍，她以乞怜和寻求帮助的眼神望向李英杰。

李英杰听她说，中间没有打断。等她说完后，李英杰也没有接话，他叫服务员来，给林一丹点了一杯热的姜茶。

两杯滚烫的热饮下肚后，林一丹的情绪看起来平静了一些。

李英杰和林一丹讲起了王闻飞。

15 王宁的选择

“王闻飞不可能和你在一起。”李英杰开门见山。他说话时盯着自己双手捧着的杯子，杯子被他的双手捧得紧紧的，一只手挪开时，杯子有点抖，他没有看林一丹。

林一丹没想到李英杰这么肯定地说，她惊愕地看着他。他的身体张牙舞爪地分布在椅子上，双腿叉开，右脚自主地抖个不停，边说话边抖，他的右脚抖得空气中生出了紧张和烦躁。

“他和茜茜分不开。无法分开。分开不了。”李英杰说，“他们的关系就像枷锁，锁住了彼此，却又牵绊得太深。”

这是林一丹第一次听说茜茜，她猜想茜茜是王闻飞的爱人。

茜茜的性格阴晴不定，发怒来得突然，没有来由。有时像深思熟虑的表演，有时像即兴发挥，每每总能让人感到害怕。这跟三年前的茜茜判若两人，三年前的茜茜是朴实的。

茜茜的变化发生在儿子王宁出事后。在王宁眼里，茜茜是个不本分的女人，不本分源于王闻飞失陪的孤单无助和精神寄托的缺少。关于这一点，他高中毕业被空军招入空军部队学飞后渐渐明白，他也在逐渐成为一名空军飞行员的过程中，越来越理解父亲，越来越敬重他。

在王宁小时候，王闻飞偶尔跟他说，飞行员是一个很危险的职业，他不相信。多年来，他坐飞机一直很安全，在他印象里，坐飞机去任何地方都很安全。

这么想时，他没有驾驶战斗机进入过战争现场，没有目睹过飞行学员驾驶的教练机在山间坠毁，没有经历过飞机被劫持，没有在极端情况下试飞过，没有飞过那么初级而质量低劣的教练机，但任何高技术难度、有冒险刺激的空中飞行，他都很有兴趣和热情。这点和王闻飞倒是很像。

他第一次体会到，生命时长只在短短一瞬时，才对父亲说的“飞行员是危险职业”有了一点点认识。

那天，他在空军部队宿舍读中国民航史。当他读到美国华盛顿航空博物馆有一幅醒目的大字，写着“人类最早的飞行器是中国的风筝和火箭”时，嘴角露出了一丝得意。

接着，他的心情开始发生变化。

中国最早的飞机设计师、飞行员冯如，在国外驾驶自制飞机飞上蓝天。辛亥革命后，冯如被任命为广东军政府飞机队队长。在广州燕塘，他第一次驾驶自己制造的飞机在中国领土试飞。飞机凌空而上，运转正常，操控自如。地面上观众看到这个庞然大物翱翔于天空时，惊叹不已，掌声连连。

王宁想，不知是不是这种情绪激励着冯如，他急切地想把飞机升得更高，猛然间操控过猛，使飞机失速，接着坠地，机毁人伤，没抢救过来就去世了。弥留之际，这位二十九岁的飞行英雄对助手说，不要因为他死了就丧失进取心，需要明白，这是飞机事业发展必然经历的过程和阶段。

这是中国第一位驾驶飞机失事遇难的飞行员。读到这里，王宁读到了冯如对飞行的偏执，进而思考到，在一次完整飞行训练超过十小时的历程中，父亲王闻飞的身体和精神所处的状态。王宁试着从父亲的飞行员角色理解他。

这也是王宁十八岁那年高中毕业后坚持报考飞行员的原因所在。相比同龄人，王宁更加敏感早熟。茜茜对他的影响无疑是巨大的，有那么一些时候，他对她的爱非常矛盾，这种爱使他愈发同情王闻飞。他回家后，常常很沉默，待在自己的房间就是一天。如果王闻飞在，他有时会出来跟他聊聊天。

一个周六下午，王宁休假，他慵懒地起床吃完饭，又回到房间发呆时，听到有人敲门。王闻飞的老朋友张胜到家里找父亲叙旧。茜茜摆了西瓜和橘子后便出门了。张胜个头不高，站直了刚到王闻飞的肩膀位置。张胜女儿出国留学去了，太太陪读，两人刚走，他一个人在家还不太习惯，找王闻飞也是为了解解闷。

王宁在房间里翻书，无意中听张胜提起早年他夜里开战斗机巡逻的情景。他第一次知道，原来国外有飞机半夜飞入熊猫城的领空，原因居然是当时空域力量薄弱。他听得来了劲，索性打开门，搬了个凳子在两人旁边坐下。他刚坐定，猛地瞧见张胜一只手臂上有一条穿透手臂的长长疤痕，联想到他夜里开战斗机巡逻，第一反应是想到他是不是在空中和谁交了火。

那是他在边疆部队服役时受的伤。

二十多年前边疆四月的一天，张胜在练习空中打靶。他前面一架飞机的挂钩上拖着一根四百米长的钢索，钢索上挂着一个靶标，有一人多高。他的任务是用战斗机上的炮弹把这个靶标打穿。

他摁下炮弹打击指令后，炮弹冲出去了。奇怪的是，战斗机的发射体系出了故障，炮弹在他头顶晃了一圈后，以巨大的冲击力打到了座舱防弹玻璃上。玻璃没有碎，但改变了炮弹的运行轨迹，炮弹遇阻飞速回弹，击断了一块五厘米厚的钢块后从上往下迅速坠落。

在快速掉落过程中，这颗炮弹不偏不倚地穿过了张胜的手臂。边疆的四月还是冬日，寒冷让他的血液和神经在厚厚的棉袄里迟滞地运转。炮弹穿过张胜的手臂时，他还没有感觉到痛，甚至对这颗炮弹的光顾没有明确的感知，但他知道炮弹穿过了手臂，他想拔出那颗炮弹。

比拔出炮弹更紧迫的选择是弃机跳伞，还是驾驶战斗机返航。此时距离机场还有一百多公里，这一百多公里的航程，足够让他的神经醒来，血液奔涌。如果一只手臂失灵，单凭另一只手臂很难完成飞机的操控。

生命高于一切。

张胜目测了一下空中位置和地形，他处于无边无际的沙漠上空，如果弃机跳伞，飞机没了，他的命也大概率没了。

在张胜的心中，飞机是他的生命。在大多数人还吃不起一顿肉的年代，一架飞机用价值连城来形容并不为过。他决定操控飞机返航。

张胜用无线通话告知前面的飞机他要返回地面。

前面的飞机操控者接到信号不明所以，判定他没有完成打靶任务。张胜担心如实相告的话，地面会紧张得乱成一锅粥，他冷静地想了一想，等飞过沙漠后，再视手臂和身体的状况告知。

地面不明就里，但同意了他的返航。

距离机场二十多公里的航程后，张胜告知地面，准备好救护车，他要落地了。

飞机落地要放下轮子。那只失灵的手臂派不上用场，他用右手臂轮流去按驾驶舱内左右分布的机轮开关，这有点像在奔驰的汽车上单手操控方向盘。而此刻握着方向盘的右手，又瞬间离开方向盘，去打开方向盘左侧的雨刮器，接着迅速放回方向盘。如此再来一次，打开方向盘右侧的雨刮器。

这个非常规操作让张胜屏住呼吸，在寒冷的高空，他禁不住冒汗。手臂的疼痛正在让他渐渐失去意识，手臂大出血。他感觉到了棉服中手臂周围黏糊糊的，血腥味弥漫开来。在做放机轮动作之前，他先用完好的右手臂把那只失灵的手臂摆直，使它可以稳住方向舵，这就帮助他在放机轮时有效操控方向，即便有什么变化，也能赢得些微反应时间。一切都太快，不能有任何闪失。每个动作和时间都要周密安排和精确计算。

机轮打开的声音传到了张胜的耳朵里，他稍微有些安心。接着，机轮听话地放下来了。他用右手臂把住方向舵，飞机朝着跑道既定位置俯冲下去，接着是轻盈落地，滑跑，稳稳停住。

张胜操控成功。

飞机平稳地落到了机场跑道，不过张胜已经动弹不得。他连打开座舱盖的力气也没有，更别说解开安全带了，在那一瞬间，他的心力和体力耗尽，精疲力竭，一下子瘫软在驾驶座上。地面的救护车奔过来，救护人员拉开座舱盖，解开安全带，把几近晕厥的张胜抱上救护车，紧急送往医院。医院挽救了张胜的手臂，但那道疤痕永久地留了下来。

王宁突然明白，他决定学飞时，茜茜为何歇斯底里撒泼打滚，以断绝关系来要挟反对。

不过，茜茜显然不能体会他的乐趣。第一次战斗机编队训练，他担任掌机，加上另外两架战斗机的战友生命相予的信任，让他体会到什么是生命重托，那种感觉令他终生难忘。

编队训练结束那个夜晚，王宁躺在床上回味那个激动人心的时刻。他的思维发散到了王闻飞身上。黑暗静夜中，他眼前呈现的是，在战争中，父亲培养过的飞行员驾驶战斗机掩护地面部队开进战场时的场景，这些场景他在书中读过，在电影中看过。直到编队，他才深刻意识到，这些时刻的父亲和平日里见到的父亲完全不同。

也许是父亲王闻飞在航空公司里承担了一切航线试飞以及引进新机型试飞的任务，王宁也钟情于此，他的飞行技术还没有被人质疑或担忧过。从起飞、升空，到空中动作，再到落地，每个细节表现，战友和教员一眼就能判断出飞机是谁飞的。

王闻飞一直隐隐担忧儿子的选择，但他从未表达过这种担忧。做飞行员是王宁的选择，王闻飞支持儿子的选择。不过，他没有想到的是，担忧变成悲痛来得那么快。

16 消息传来

天空中的云朵欢快地嬉戏，像一朵棉花糖，像一只绵羊，变换着形状。王宁驾驶的飞机和一朵朵空中飞翔的云儿相遇，云像一洼洼湖泊，触碰到飞机表面就迅速冻结，像蚊虫碰到蜘蛛网，无处遁形。冰儿裂开，化成水，再变成雾气，随着飞机在空中升腾。

王宁时常和像云一样的自然环境捉迷藏。在一次次起飞、着陆中，王宁看到天空中变幻的美。满天星星在或明或暗的天空中挂着，忽闪忽闪的，猛然出现的一道光像刀刃一样劈开晦暗，从晦暗中渲染出五彩霞光，霞光慢慢从云层中探出脑袋，先是一点点，接着是一小片一小片，然后是一层一层，渐次用光晕推开晦暗，透出明亮。有时是绿色、紫色或蓝色的光晕，偶然在一片黑暗天空中跌跌撞撞往外窜，让人短暂失忆于时空和黑夜白天。

王宁感到了机头瞬间上仰，他迅速地瞄了一眼地平仪，上仰角度已经超过以往遇到的最高值，他意识到麻烦来了。自动配平生效，但自动配平没有抑制住上仰的冲动。飞机剧烈地颠簸，王宁推了一把驾驶杆，他想降低飞机抬头的速度，但没有用，飞机的迎角继续增大。

王宁第一次感受到失控的担忧。驾驶舱里是从未有过的安静，除了王宁的心跳声，没有任何声音，速度指示也没有了。王宁试了试油门，很好，发动机在工作。飞机失速后，他能做的是让发动机动起来，不然后果不堪设想。

飞机开始滚转，机头掉头向下，这是个良好的信号。他要开始让飞机扭头、增速。但扭头增速的操控没有实现，飞机没有抑制住滚转。在以秒为单位的时间里，飞机迅速下探，头也不回地向地面砸去。

听到这个消息时，茜茜眼前出现了王闻飞母亲听闻儿子生病吐血时的画面。那一瞬间，她突然体会到的是婆婆对儿子的爱而不是她痛失王宁的伤痛。她甚至没有哭，这对于一个女人来说，不可思议。

王宁什么也没有留下。他就像出去看了一场电影还未归来。

一辆车停在了茜茜面前。有人拉开了车门，茜茜坐了进去，她坐在王闻飞的旁边。车上加上她和王闻飞，一共三个人，前座坐着司机，后座是她和王闻飞。天气很闷热，茜茜没有流汗，她又热又闷，透不过气来。她没法和人说她又热又闷，她的喉咙像被人卡住了，声带像失灵了。

车一直开一直开，有人给她递了瓶水，她接了过来，拿在手里。不一会儿，瓶子掉在了座位下面。车停了下来，有人给她盛好饭菜，递上筷子，她吃了几口。有人又给她拉开车门，她坐回了之前的位置。

她觉得一切很赶。车有时颠簸，她间或能闻到汽油味。道路有时明晃晃的，太阳有时火辣辣的，阳光有时刺到她的眼前。她昏昏沉沉的，不知不觉睡着了。有时她被颠簸得醒来一下，大部分时间她都在睡。

等她醒来时，她发现她的头靠着一个男人。这个男人盯着她，好像在和她说话。她本能地点点头，没有把这个男人和王闻飞对上号，然而这个人的确是王闻飞。

几个人围着她和王闻飞，说他们远道而来辛苦了。有人握住了王闻飞的手，给他一个拥抱。她看到王闻飞的眼泪滑出了眼眶，她奇怪这个男人为什么会流眼泪，她听到有人在和她说话，她听到说话声就心生厌烦。有个女人过来拥抱她，她不知道如何摆脱这个拥抱，这个女人眼眶红红的，她不喜欢这个女人哭哭啼啼的样子。

“我们理解你们的心情，很抱歉。”一个穿着制服的人说。

茜茜觉得这个穿制服的人说得对，他的确应该感到抱歉，但她觉得更该抱歉的人是王闻飞。他明明很清楚，再富有经验的机长，也没有办法和飞行员说清驾驶舱里会发生什么，能说清的是常规，一切都依靠临场的应变和对操控动作的选择。就像活了一百年的老人，也没有办法说清爱情是如何发生的一样。这些都不重要，重要的是，他明明清楚这点，却同意让王宁学飞行，没有和她一起坚决反对，她心生了一个可怕的念头：是王闻飞把王宁推向死亡之路。

穿制服的人还在说着什么，茜茜几乎没有在听了，她听不进去。说过的话没有意识，没有进入她的耳朵，她的耳朵像被空气堵住了，她的整个人像被空气关闭了，处于真空地带。

这个穿制服的人说出最后一句进入她意识的话是："你们愿意去看看你儿子宿舍吗？"茜茜没有说话。这个人带着她和王闻飞往前走。他们穿过了几栋楼，来来往往有穿着飞行服的人穿梭而过。他们有的边走边聊天。

茜茜和王闻飞经过时，他们就不吭声了。茜茜他们一走过，他们又说开了。这些声音打扰到了茜茜，让她想起说人闲话的长舌妇嚼舌根。走到一栋楼的楼下时，穿制服的人说："就是这里了，在这里二楼，你们上去吧。我在办公室等你们。"说完，穿制服的转身离开，另一个人领着茜茜和王闻飞上了楼。

屋子里很亮。茜茜一眼看到了王宁常戴的那顶帽子放在一张木桌上，她脑里出现了电影中阵亡士兵的镜头。茜茜有点累，身体一软，坐在了一张下铺上，这是王宁的床铺，军绿色的豆腐块被子整整齐齐地叠在床上，这张被子一两天前还带着王宁的体温。

王闻飞有点不知所措，他不知如何安慰茜茜。他的悲痛不比茜茜少，甚至更多。他在她的旁边坐着，万一她身体支撑不住，他还可以抱着她。

旁边坐着一个人，让茜茜感觉很不自在。傍晚时分，整个屋子依然很亮。一只不知名的蜂飞进了房间，嗡嗡地在灯下横冲直撞。这种烦躁让茜茜犯困，眼睛迷离，兴许睡着了，这一切就不存在了。

领他们上来的人手里握着一支冰冻的矿泉水，不知道他从哪里变出来的。他有点犹豫，一时半会儿不知道怎么把一支水分给两位不幸的人。他四下张望，发现了一只搪瓷杯。他打开矿泉水瓶子，往搪瓷杯里倒了些水，意图是把杯子冲洗一下，冲洗完后，倒掉了里面的水。这时他想，这杯子，两位不幸的人是否会嫌弃。

他问王闻飞杯子是不是王宁的，他想把水倒在里面给他们喝。这位好心人的热情和乐于助人让王闻飞感到一丝口渴，他抬眼看了看杯子，摇摇头。但他接过杯子，示意往里面倒点水，他不介意。

冰冻的水注入杯子后，杯子一下子凉了。王闻飞拿高杯子往嘴巴上凑，杯子不注意碰到了茜茜。茜茜被这突如其来的凉意惊了一个激灵，她下意识地瞟了一眼，却像被闪电击中。

这个搪瓷杯浑身是伤，补了又补，瓷掉得厉害，像一只被剥了皮的兔子。杯子不大，容量装满水差不多是一听罐装可乐。

这竟然是药剂科同事的杯子！在那个逼仄黑暗的小屋子里，她曾经用它喝过红糖水、姜茶和白开水，这只搪瓷杯曾经盛满她的爱情，不过它已经消失十几年了，怎么会出现在这里？

不会是认错杯子吧？外表白底搪瓷上红色金鱼的装饰依稀可辨，斑驳脱落如此残旧表明了它的历史，杯底印着药剂师单位的名字。

茜茜在想，原来儿子从来没有缺席过对她情感世界的体察和观照，相反，她在儿子的母亲角色里时常缺位。她一度认为，她错误婚姻的错误结果是有了王宁，她的这种情绪无意中表现在跟不同男人约会时对王宁潜意识的嫌弃。在这些男人翻脸不认人的自私绝望中，她又觉得王宁比起他们不会变心且一直能被她把控。她在这种扭曲里抓住王宁，像在沙漠中捍卫一片绿洲。

茜茜从王闻飞手里拿过杯子，喝光了里面的水。在回到熊猫城前，这个杯子就再也没有离开过她的手。王闻飞纳闷，茜茜手里为什么一直抓着这只破破烂烂的杯子，想来是因为那是儿子留下的。

王闻飞有点压抑，他想到门口去抽支烟。茜茜站起身来，一件件收整王宁的物品。灯光照在墙上十分刺眼，茜茜想去关掉它。不过这是屋里唯一的灯，关掉就没有照明的了。领他们进门的人进进出出，往屋子里搬椅子。茜茜感觉被打扰到了，但她没有吭声，她打开儿子的抽屉，往外拿他的书。门外的烟味涌了进来，清爽的夜的味道和花香也涌了进来。茜茜意识到她在床上坐着时可能打了盹，困顿消散了一些。

王闻飞抽完烟走了进来。茜茜看到了一张男人的脸，但在他的脸上看不见眼睛，眼睛下面的皱纹却很显眼。皱纹上方是一团混浊的光圈。

⑰ 梧桐树下

茜茜不记得是怎么回到熊猫城的家的，她完全没有睡意，疲惫不堪，腰酸背疼。她只是去儿子宿舍看了看，她还在等着他休假时回家。

王宁不会回来了，永远不会。茜茜还没有接受这个现实。

周围的黑暗与沉默让她难受。王闻飞的动作很轻，他一会儿出现在厨房，一会儿出现在餐厅，一会儿出现在卧室，动作轻得让人察觉不到他在走动。茜茜是凭灯光的明暗程度来猜测他行踪的。

下半夜的事情，茜茜已经没有印象。这一夜过去了。她隐约记得，有一次睁开眼，看见一个男人缩成一团睡着了。后来她又睡过去了。

晨曦爬上了餐厅的玻璃窗。晨光过早地透进了屋内。茜茜斜眼看着光洒在沙发上，蜷缩在沙发上的男人起身，烧好了热水，倒了一杯放在茜茜面前。她有点没弄明白，这光到底是黑夜的，还是白天的。她的心里一片漆黑。

王闻飞下楼，站在他被劫机到M城返回那天晚上经过的梧桐树下，等着操持葬礼的亲朋。他知道，茜茜已经没有力气参加葬礼了，这对她太残忍，她已经被击垮。一直到现在，她还没有哭过。她还在自己的世界里，有时也出来和这现实的世界打个照面，但那只是偶尔，接着又躲回去了。

从这天开始，茜茜在自己的世界里躲了几年。王宁意外离世那一个月，王闻飞休了一个月的假，整日在家照顾茜茜。这一个月，茜茜逐渐消瘦憔悴，她要么在家里关着灯呆坐一天，要么下楼沿着街区漫无目的地走上几个小时后再回来，只有握着那只搪瓷杯子喝水时，她的眼睛才会闪出些亮光。

旧友到家约茜茜出门，她拒绝相见。她一个人出门散步，碰到路边的小狗亲热地打招呼围着她转时，她对小狗骂骂咧咧。邻里有时会议论，她怎么无端端欺负起一只摇尾乞怜的狗。

她有一身的怨气，怨父亲逼着她嫁给了王闻飞，怨王宁去报考飞行员，怨王闻飞没有阻止王宁的决定。她见着空隙就发泄这种怨气，等到发泄完了，从前那个茜茜不知有没有希望回来。

一天，她不知不觉地走去了菜市场，菜市场热闹的氛围吓得她迷失了方向。正找不到路出去时，她看见了五颜六色的水果，忍不住拿起来闻一闻。菜农问她要不要买，不买就别凑在鼻子上闻。茜茜觉得菜农说话的唾沫溅到了她脸上，便对着桃子吐了一口口水，再把它放回果摊。菜农和她吵了一句，把桃子朝她脸上一扔，不知哪里来的力量，她把菜农的果摊掀了。两个女人扭打起来，人越围越多，桃子被掀得滚落满菜场，一不留神，茜茜踩在桃子上绊倒，晕了过去。

菜农被惊得六神无主，心想，今天没卖到钱，还要赔钱，便赶紧报了警。等王闻飞赶到，茜茜已经清醒过来，自己走回了家。她没有对王闻飞说，警察问她为什么要对桃子吐口水，她想回答说“太痛苦了，想找点事情发泄”。但这番话她终究没有说出口，如果说出来，可能她藏在自己世界里的时间会缩短些。

走回家的路上，一片梧桐树叶掉在了茜茜的头顶上，她觉得梧桐树叶是故意的，拿起梧桐树叶把它撕成碎片渣渣。这还不过瘾，她蹲在地上，一片一片地捡起梧桐树叶来撕，撕得满地都是梧桐树叶残片。一片梧桐树叶被风从地面卷起来，茜茜追着梧桐树叶的飘飞轨迹跑起来，更多的梧桐树叶随着忽悠而至的一阵大风从树干上掉落飘飞起来，茜茜追着梧桐树叶忙碌地跑起来，左左右右、前前后后，有时向空中一跃，去抓刚刚掉落的叶子，远远看来，茜茜像在跳一曲藏族舞蹈，而路过的人分明看见的是一个头发散落、神情涣散的女人，张牙舞爪、漫无目的地和一堆树叶较劲，口中还哼着不知名的歌，听起来支支吾吾，像低泣，又像梦呓。

邻居们起初有点奇怪，一两天后似乎习惯了，觉得茜茜这是受刺激重创后的心理反应，时间可以治好她，给她时间疗愈。人们总是能习惯的，大多数人没有那么多时间和闲暇关心其他人怎么样，他们忙着面对焦虑、彷徨，抵抗无奈，为生存用尽全力。

王闻飞对茜茜多了理解和宽容，无论何时，茜茜用什么发泄方式闯了祸，他都稳稳地接着，没有一丝多余情绪。他从内心同情这个女人，走到今天，他从未觉得对她的责任如此重过。

也不能说理解和宽容，他只是怕麻烦。王闻飞心底是善良的，他不知道该如何面对这样的状况。茜茜脸色一变，情绪一转，他就紧张得不知所措，这时他就什么抵触心理都没有了，摊开双手，交出整个世界，什么都可以给。

自从王宁去世后，茜茜的自私心便无比泛滥。她绝不会承认，潜意识里，她在制订新的游戏规则，她一发呆，情绪上稍有波动，一喜一怒一惊一乍，都无比牵动着王闻飞的神经。

在二十多年里，王宁是王闻飞和茜茜之间的润滑剂和沟通的桥梁。他们像个三角形，各居其位，形成了相对稳定的架构。茜茜一吵，王闻飞一叹气，王宁就哭闹一阵，他一哭闹，两人就止息。这几乎是王宁的撒手锏，他知道如何调节大人的情绪，他能成功转移矛盾的焦点。

可如今，这个三角形的架构改变了，一切要重新组合。

一个没有获得王闻飞的爱的人，如今更没了王宁这个筹码，她还有什么拿得出手的资源把王闻飞拴在自己的船上。爱情吗？遇到药剂科同事前，她已经知道她对王闻飞没有爱情，有的是过日子的现实选择。利益吗？父母去世前，这还值得一提，如今王闻飞的前景依靠的都是自己，而且他似乎还做好了放弃家庭财产的准备，他甚至不知道家里有多少存款。不是他不现实不爱钱，而是他对茜茜的专断束手无策，索性不再关心，更不用说他对自己具有的赚钱能力毫不担忧。

这是一个迷茫的阶段。她想不好接下来的生活是怎样的，未来怎么办，她的信心随着王宁的离去而彻底被摧毁。她害怕一个人面对，面对同情的目光，面对冷漠的竞争，面对残酷的现实。她害怕吹风下雨，害怕和人交谈，害怕听到邻居说她痴痴癫癫。她害怕变化，害怕对现状的些微改变，她那么孤独无助，可怜地缩在内心的角落里。

渐渐地，她学会了一种本领，根据周围环境的变化表演。不需要演练和培训，只需几秒钟，她就可以从一个极乐外表转换到崩溃无助的场景里，这变化是悄悄发生的，不易被察觉。她简单的外表下，藏着一颗愈发会周密计算的心，人们把这种现象称为心机。

她和王闻飞去餐厅吃饭，服务员给他们倒水时不注意把水洒在了她的手背上，她立即表现出一副极度疼痛的样子，表情扭曲着，眉毛、嘴巴等向鼻子集中，进而以鼻子为中心向周围略微松开，走到强忍着剧痛的表情中。每个细微的变化都自然而然，看不出任何做作、修饰或故意。目睹这表情的人都从神经末梢感受到了她的剧烈疼痛。

服务员连声道歉，茜茜梨花带泪（没有眼泪）。王闻飞善良的心一紧，整个人的节奏都被打乱了，恨不得这痛在自己身上，恨不得把茜茜像颗珍珠般含在嘴里，不再经受一点点伤害。

这并不代表王闻飞从心里更疼爱茜茜，他只是更加顺从，顺应着茜茜的新规则。

茜茜还是没有哭过，直到两年后有一天，张胜的太太回国拜访朋友，无意间在楼下的梧桐树下碰到了她。

这天，太阳从早上8点就开始表现出了它的威力，热辣辣地烤着天空中的云层，云层下方升腾起了一波波雾气，像个穹顶一样笼罩着大地。茜茜很早醒来，很早起床，喝了一杯又一杯水，仍然觉得酷暑难耐。她在家里的每个角落周游了一圈，心乱如麻，索性躺倒在床上，不知不觉睡着了。

醒来后差不多10点，热气并没有消散，她愈发闷得喘不过气来，懵懵懂懂走下楼，在一棵梧桐树下坐着。她全身流着汗，黏糊糊的，脸上湿漉漉的，感觉很不舒服。王宁离开后，茜茜从单位办理了因病退休。两年来，这是她第一次坐在梧桐树下，显得张扬而怪异。她已经选择性忽略别人的目光，这让她的举止行为和穿着无所顾忌。

在这棵梧桐树下，一个瘦瘦的女人先是挨着树背，靠着它坐着。不一会儿，她背靠着树横躺在树下，像得道高僧在修行。蚂蚁、虫子有时从她的脚快速移动到脸，她似乎没有什么感觉，神情有些超脱、淡然。

张胜的太太路过梧桐树时看到了这一幕。她一时没有认出来这女人是谁，瘦得不见人形，眼窝深陷。她其实远远地看到这女人时，就感觉她像一个人，仔细在脑子里搜罗了一圈，她觉得她像茜茜。她已经确认那是茜茜，但她不敢相信，也不敢认。

女儿在国外定居后，她回来得少。前一天刚从远房表妹那里听说了王宁的情况，预想着去看看茜茜，但她听表妹说茜茜拒绝朋友的拜访和邀约，没想到在这棵梧桐树下碰到了。张胜的太太有点窘，她有点犹豫，如果直接去朋友那里装作没看见，她这趟回来可能再没时间专程去看望茜茜，得赶着回国外；如果直接上前，茜茜会不会介意以这副模样见到老熟人呢？

踌躇了片刻，她走近了梧桐树，盯着茜茜看了几秒。茜茜知道有人在看她，但她并不回看，也不吱声，继续沉浸在她的世界里。张胜的太太索性蹲到梧桐树下，摇了摇她说：“茜茜，你怎么这么瘦了啊？”

茜茜像是没有听到，她用出了冷漠的表情包。张胜的太太不依不饶，继续叫着茜茜的名字，眼泪啪嗒啪嗒往下流，她想起了那个水灵灵的茜茜。

泪珠滴到茜茜臂膀上，热乎乎的。她认出了张胜的太太，但表情仍然迷离，她犹豫着要不要搭理她。张胜太太的远房表妹嫁给了药剂科同事，她想起这个，便坐了起来。张胜的太太趔趄着躬下身挨着她坐着，忽地看到茜茜眼角滑出了两行泪，无声无息，难休难止。

王宁离开后，茜茜第一次哭了。她隐约记得，张胜的太太提起表妹生病了，似乎有点重。药剂科同事想来看望她，但听说她拒绝被探望。张胜的太太知道药剂师和茜茜是前同事，除此之外，对他们之间发生过什么一无所知。

回到家后，茜茜从冰箱里倒了一杯水到搪瓷杯，一口气喝光。她似乎饥渴难耐，是舌尖的饥渴，也是生理的饥渴。她回忆起了那些激情澎湃的日子，一幕幕场景的复活，渐渐给了茜茜走出孤苦世界的勇气，她开始与外界的接触碰撞和交流，躲在自己世界的时间长度日益缩短。

18

心魔

从王宁离开后的第一次开始哭，哭变成茜茜的日常行为。她随时随地可上演哭戏，来得情真意切。眼泪就是她的道具，随意挥霍，呼之即来，挥之即去。

林一丹是在茜茜开始这样哭一年后遇到王闻飞的。此时的王闻飞，生活有种寂寞和平静，无所谓开心，无所谓忧伤，更无所谓希望。与其说是平静和孤独，不如说是一潭死水。他似乎在等待什么到来，做出一次彻底的改变。他不知道等待的是什么，更令人费解的是，即便等待的东西到来，他也不一定有勇气做出改变。他的心太软太善良，这让他犹豫不决，除非那个动力大到他自己对抗不了。他被动地维持着一种勉强的局面。

听完李英杰的叙述，林一丹对王闻飞有了深刻的同情。李英杰并没有察觉到这一点，他继续抖着脚说下去，试图打消林一丹对王闻飞的念想。不过，感情这个东西，没有道理。一旦它来了，排山倒海，什么也挡不住。在林一丹和王闻飞无意中接吻的那一瞬间，这一点已表现得淋漓尽致。他们自然和谐地需要着彼此，自然得犹如四季更替，阳光雨露，花开花谢。在这种自然而然中，身体像超乎它本身一般期待着一场全身心的给予与融合。只不过，一根弦让神经的传递绕了路，王闻飞抵抗着致命的吸引，而这种抵抗实现了后，却是无尽的遗憾和失落。这些遗憾和失落林一丹也有，它使她深夜醒来时想到就动情，感性得莫名流泪，那种体验很复杂，甜蜜、期许、失望、希望……

在橘红色的灯光下，林一丹的面庞显得楚楚动人，她的眼角还有泪渍，尖尖的下巴下，新买的衣服出奇合身，包裹出林一丹单薄的腰身和丰满的胸脯，她看起来单纯而又不失女人味，玲珑剔透。李英杰看得愈发欢喜。这样的女人，从外形和气质上看，都是他理想伴侣的不二人选。

李英杰有点不忍心把整晚时间用来谈王闻飞，他还想聊聊有意思的话题："闻飞大哥很招女人喜欢。常有才子佳人在他旁侧，邀约他作诗赴会，一起唱歌弹琴，聊电影和艺术，畅谈人生哲学和生活智慧。相比于他，我就简单多了，对芭蕾情有独钟。"

话题转移得很成功，这引起了林一丹的兴趣。她没有想到，一个外形如此粗枝大叶看起来特别粗俗的男人，居然坦诚喜欢芭蕾。在她的印象里，这样的男人少见。她猜想一定有什么缘由，但她还没有很大的好奇心追问下去。

她谈了谈自己对芭蕾的认知："这种舞蹈对演员的基本功和身材保持的自律性要求很高。芭蕾很了不起。尽管我不是很懂，但我喜欢芭蕾舞演员跳舞时的神情和动作，灵动又梦幻。"

这些评价是李英杰期望听到的。林一丹的率直和谦逊以及对芭蕾的直觉让他增添了一份赞赏之情，他联想到和林一丹一起去看芭蕾舞的场景。"舞者是小卓玛就更好了。"李英杰心想。

李英杰有点动情了。从下雨的出租车里迎出林一丹时，他就处于动情的状态，只不过这一刻升腾了些。他看到哭得撕心裂肺楚楚可怜的林一丹时，就像看到一只几个月大的小猫，用清澈的眼神盯着主人，伸出爪子抓主人的手轻啃轻咬嬉戏的样子。他对林一丹的怜惜之情被激起。

当一个男人怜惜和心疼一个女人时，他可能都不会意识到，他对那个女人产生了一种被称为爱的病态心理。并不是说爱是病态，是说怜爱的情感状态让人自愿付出的心理。

他停下了抖个不停的右脚，盯着林一丹那被灯光映衬的白皙的手。有那么一瞬间，他自然而然地拿起林一丹的手，把它举到唇边吻了一下。这个动作来得太快，收回手时，林一丹窘迫难当。她不想让李英杰难堪，把眼睛朝门口望去，转移有些尴尬的气氛。

这一张望，她发现一个女人似乎在望着她，眼神中带着一股怨怒。她怀疑自己多心了，便回过头来盯着李英杰。她并没有全然放下，通过余光，她感觉那女人似乎在犹豫，她不禁生出了些许畏惧。

李英杰看出了她的心绪不宁，起身去洗手间。他一离开，林一丹更加不安。她拼命搜罗是不是在哪里见过这个女人。搜罗的结果是一无所获，她确定是多疑了。等她再把目光转到门口时，那个女人已不在。林一丹环视了一圈咖啡馆，看到那个女人坐在了一张桌前，正翻看菜单，并没有把眼光投射到这里。

李英杰回来坐下了。林一丹直觉他在坐下前有意地望向了那个女人，继而又像没有看到，坐回了位置。不过，之后他说话减少，似乎在故意压低嗓音。林一丹觉得有点奇怪和纳闷，但她似乎也说不出什么，一说出来，很容易被说成胡思乱想搪塞过去。

他们沉闷地坐了几分钟，相对无言。双方都察觉到一点不自然。进进出出的客人把空气中的湿气带进了咖啡馆，林一丹的脚下传来阵阵寒意。她想要不要先说出再见。李英杰的脑子也在飞速运转，想着同样的问题，不过他想到的方案是换个地方。

他朝门外望了望，雨已经很小了。“我们出去走走，我带你去一个可以听音乐的地方。”李英杰打破了沉默。

林一丹像是解脱了一般，赶紧回应着说：“走。”

他们的举动被那个女人看在眼里。走过那个女人时，他们不约而同下意识地看了看那个女人。那女人淡定地低头看着手中的玻璃水杯，未动声色。他们一走过她，她的目光又追了过去，似乎有点焦躁和着急。

李英杰说的听音乐的地方，是个不插电的音乐酒吧。林一丹有些意兴阑珊，她点了杯软饮，余光中感到有人盯着她，在咖啡馆看到的女人出现在了眼前，她没有看到林一丹，四处张望在寻找什么。李英杰付钱还没回来，林一丹低下头，避开那女人的搜寻。

在前往音乐酒吧的路上，林一丹直觉有人跟在身后，像影子一样忽隐忽现。不过，有李英杰这么个壮实的男人在，对安全她倒没什么顾虑。

那女人还是看见她了。她找了个挨着歌手附近的位置坐下。那个角落很幽暗，坐在那里的人难以被看清模样。

李英杰回到座位坐下，有些心绪不宁。一会儿工夫，他似乎在等待什么，眼睛在酒吧里搜索了一圈，他看见那个女人了，眼神有些闪躲和遮掩。

林一丹的情绪恢复了一些。她不再关注那个影子女人。她需要回去认真想想，接下来会发生什么、怎么办。她迫切想见到王闻飞，但也判断不准是否应该等着他来找她。可是，如果他不来找她呢？一连串的疑问，令她心乱如麻。

她起身向李英杰告辞。他有点酒意，心有不舍，但比在咖啡馆时克制，和林一丹一起起身，向门口走去。没走两步，坐在幽暗角落的女人也起身，拦在李英杰和林一丹面前，以迅雷不及掩耳之势给了林一丹一巴掌。林一丹被这一耳光打懵了。

女人第二个巴掌还悬在空中时，她的手就被李英杰一把抓住了，他用力有点猛，女人一个趔趄。站稳后，女人嘴里骂骂咧咧。林一丹像灵魂出窍一般，脸一阵红一阵白，不明白发生了什么，也听不清女人在骂什么，只感到莫名其妙。直到模模糊糊地听女人提到了王闻飞的名字，她才意识到女人来者不善。

“茜茜姐，这是怎么了？”李英杰故作惊奇地问。

茜茜唰地把一沓照片朝林一丹脸上砸过去。照片像雪花般在空中坠落。林一丹俯身去捡照片。她明白过来了，这是王闻飞的夫人。她看到照片中自己和王闻飞的合影，甜蜜而明艳的笑容挂在她的脸上。她满脸羞愧。人群围了过来，看热闹地指指点点。服务员赶她们出去。

茜茜的骂仍未有休止的趋势。李英杰护着林一丹往外走，还没穿出人群，他看到一张急切的脸急切地张望，明显是赶着跑过来的。这个人个头很高，穿着一身航空公司的工作服。

“带她到门外。”这张急切的脸是王闻飞的。他迎上前去拉扯茜茜。茜茜显然想把事情闹大，看到王闻飞后，她的噪声提高了八度。

这是一个歇斯底里的茜茜。李英杰用手臂环抱着护着林一丹走出人群，臂膀里的林一丹惊吓过度，瑟瑟发抖。这天发生的事情都如此意外，超乎想象，来得如此突然和迅猛。

王闻飞抱起茜茜，就像拎了一只小鸡般把她抱出了门。出门前，他把散落在地上的照片捡起来，装进了衣兜里。

茜茜终归还是放出了她内心的恶魔，她没有经受住怂恿。怂恿者说，王闻飞对林一丹宠爱有加，这次是用了心，她从王闻飞的行为里，看到了对新生活的希望和爱。

这么大的词语震得茜茜难安。我想起“当天神们在潘多拉魔盒里装满邪魔，然后又把‘希望’一并放进去时，他们一定窃笑不已。因为他们很清楚，这才是最狠毒的邪魔。正是‘希望’引诱着人类，叫他们一直忍受苦难，直到死亡”这句话。我在想，茜茜当时可能担心“希望”这个词在王闻飞和那个年轻姑娘内心里点燃，她很怕这样的事情发生。在嫉妒和冲动的驱使下，她闯入了怂恿者布下的阵法。

19 思南路

王闻飞收到了被公司停飞一个月的通知。

过了两天，林一丹回滨城。回去前，王闻飞和她见了一面。那天，他全是不安和愧疚。他还做了一件事情，打电话给她公司领导，解释传闻言过其实。

林一丹的工作和升级不受影响，但她在这突如其来的打击中受到伤害，萎靡不振。回滨城一周后的周五下班前，她接到李英杰电话，说周末来滨城办事，问是否有空一起聊聊。

李英杰到滨城后，先去了思南路，在这里一处公馆拜访一位女士。公馆在早年法租界一排梧桐树的掩映下，古色古香。他拾级而上，在一道墨绿色的木门停下，敲了敲门。一位着装精致的中年妇女开了门，她正是李英杰要拜访的人。

他听过这位女士的故事。早年间从乡下投奔M城返滨城定居的亲戚，嫁给了一户人家做偏房，之后年长她三十岁的先生因“割资本主义尾巴”而被打为走资派，生活一度陷入困境，积郁交加后去世，留下一些秘密财产，由她继承。她和先生有个儿子，在一所药学院读大学，毕业后被分配到了一家制药研究所。因和军属谈恋爱涉嫌破坏军婚，他被发往当地一家农场进行劳动改造。

李英杰被迎到一张宝蓝色的布艺沙发前，坐了下来。他抬头环视一下房间，头顶是一排耀眼闪烁的水晶灯，水晶灯的切面和透过窗户洒进来的阳光交相辉映，使屋子充斥着阳光的味道，浮尘在水晶灯形成的光柱里跳跃。这是一个典型滨城大户人家的家，豪华但不奢华，典雅但不浮夸。

浮尘光柱旁是一个木制扶手梯通向更高的楼层。李英杰开始在想，这些房间都住着什么人，哪一间和他的牵挂相连。

中年女士坐在沙发另一侧，没有说话，似乎在等待李英杰开口，静默的空气里两人的氛围有些尴尬。李英杰欲言又止，但他确信他的资助让他的牵挂对象难以居住在这样的条件里。

中年女士看出了他的惶惑。

“我们的缘分比较奇特。但她和我都确信，在这里对她更有利，最重要的是地理位置方便，节约出来的时间很宝贵。”

李英杰点了点头，他和中年女士约好会再过来，便起身告辞。接下来，他要去见林一丹，这个让他魂牵梦绕的女人。

林一丹沉浸在被茜茜苛责的情绪里，显得一蹶不振。这当然只是表面现象，对她来说，更深沉的情感失衡，源于对王闻飞的放弃和不舍的反复纠缠，时而下定决心放弃，而一旦想到放弃，她又泪流满面，不知所措，生活混沌，再无时间感和空间感；时而下定决心不顾一切地勇敢争取，又想起茜茜空洞无助的眼神，愤怒中把照片撒向自己时那种歇斯底里，那包含着她的青春孤独、割舍挚爱，以及中年失子的不幸与自怜自哀。

李英杰像个秘密使者，他什么也不问，什么也不说，带着林一丹在成片的梧桐树下行走，累了就带她去咖啡馆歇脚，看她听着伤感的音乐眼泪扑簌簌从眼眶奔流而下，他也不去安慰，像片梧桐树叶一般，静静地匍匐在她歇脚的路面，等风刮过时，在她的眼前闪动一下。

李英杰把林一丹像珍珠一样捧在手里，可他愈发感受到，他再怎么用心，也无法把冷冰冰的林一丹捂热、融化，再站在爱情的一角仰望他。奇怪的是，即便如此，他也下定了决心，断掉和太太的关系，以一个平等的角色，站在林一丹面前。他并没有把这个决定告诉任何人。每周五下班后，他都会飞到滨城，在思南路附近住下，再与林一丹一起散步或约会。

思南路上的梧桐树叶成片成片地在空中飞舞后，李英杰感受到了秋意，但仍未感受到林一丹的暖意。有时，他会忍不住握一下她的手，当他感受到抗拒后，便又后悔万分，生怕这一举动引起她的反感。

一个周末，李英杰沿着思南路独自闲逛。他在这里的四条街往复走了近十次，喝了一杯咖啡，消磨了四个小时，仍没有等到林一丹的消息。走出咖啡馆后，他朝住的地方走去。李英杰低着头，若有所思，鬼使神差，拦了辆车，不知不觉到了林一丹的住处，敲了敲林一丹的门。

门被打开了。与此同时，他听到"咚"的一声。李英杰直觉是什么东西摔了。他轻轻推开门，却发现林一丹躺在地上。一瞬间，李英杰六神无主，心疼不已，急忙打了急救电话。

林一丹是因为太劳累而晕倒的，诱因是她怀孕了。听到这个消息后，李英杰悲痛不已，他觉得需要重新认识林一丹，他萌生了惩罚和谴责王闻飞的想法。

仇恨的种子在心里埋下，他谋划起来。林一丹长得好看，有前途又年轻好看，他娶太太是因为她是老板的女儿，现在升到总工程师，距离总经理再到董事长，太太对他的帮助作用已经不大，反而成为累赘，他需要一个在财富、知识、年龄、修养、长相和气质上都和他更相配的人，他从未在意过恩情，他只在意什么对他有利，他要得到什么，其余他都不考虑。他不在意别人怎么看待这点，不明说，不争论，不要脸面。

他要得到林一丹，让这个女人心里从此不再有王闻飞，只属于他，属于他一个人。

李英杰首先想到的是林一丹可能因为对王闻飞的感情而坚持生下这个孩子。生下这个孩子后，结局显而易见：林一丹失去工作，失去未来。但最令他担心的是，这个孩子的存在将永远阻碍他和她在一起，他要让林一丹打消把孩子生下来的念头。这个事情不能他去做，他得借势，并永远不让林一丹知道。

一想到这点，李英杰就十分嫌弃在林一丹体内生长的那个小生命。他的命运从一开始就注定多舛，在李英杰对他尚未谋面的母亲汹涌而黑暗的占有欲面前，他如此脆弱，像有待破土而出的嫩芽，可能就此被埋没在土壤中，悄无声息，连一点反抗力量都没有。

在医院床边守护时，李英杰思忖了一夜，计谋已成，天亮就是行动之时。

第二天天刚亮，李英杰便建议林一丹到熊猫城去，他在那边可以照顾她。等到她身体稳定些，再回来滨城上班。林一丹没有同意，她也不敢把事情告诉父母，除了一言不发，她没有想好该怎么办。李英杰请了护工照顾林一丹，便回了熊猫城。

到家后第一件事，他便直奔主题，对太太说：他要和她离婚，儿子给她。太太以为他在开玩笑，摸了摸他的额头。他一把推开太太的手，力气很大，显示出坚定的意志。太太一时失了神，条件反射地回了一句“不可能”。李英杰对她说，他当晚就去住酒店，之后不会再回来，她想通后就联系他办手续。

李英杰想到太太会去找老首长，便下楼买了支白酒，打开像喝水一样灌下半瓶白酒，打车去了老首长的家。

老首长正和家人在客厅聊天。门铃响后，他看到李英杰朝他奔来，直接跪在他的面前，泪流满面，像受了巨大委屈而大声哭泣地说："首长啊，快救救我吧，我和宁英没法过了，我要和她离婚，她每吼我一次，我就生不如死。"

老首长看他哭得如此动情，还是个男人，又是前战友的女婿，也忍不住陪着眼眶红润，拉他坐了起来。李英杰和老首长说，宁英肯定会去找他的老战友，那就是变相废了他在熊猫航空的前程，他请老首长废了他，他宁愿失去一切，也不再要他那生不如死的婚姻。

老首长没有想到李英杰的态度如此坚决，不容分辩和劝说，孤注一掷，不计代价，如此心狠手辣。如果不是宁英委实无法相处，便是李英杰绝情绝义。他暗自揣度，李英杰前途的走向，还得看他老战友的态度。李英杰明明知道这点，却在深夜来到这里，必是料到他的老战友会来给他施压，以废前程威胁李英杰放弃离婚。

李英杰走后，老首长仔细想了想解决办法。他对李英杰的个人能力有相当认同，他是个天生爱才惜才的人，对这点的在意远胜于其他。

他记得第一次见到李英杰的情景：一个他接收的后辈在公司做机务维护负责人，因民航改革，与全球对标，需要编制国际通用的手册。

这是一个难啃的骨头，老首长把这任务安排给了这位机务负责人。机务负责人在空军部队时，业务能力很强，但在文化方面有所欠缺，便把这任务安排给了李英杰，他甚至向老首长推荐了李英杰，说这个人踏实肯干。

从同一个部队出来的情谊和信任，远远超过在日常生活中日积月累的情谊和信任。同一个部队出来，意味着经历了同样的文化熏陶，度过了同样的军旅生活。这是老首长第一次注意到李英杰。

李英杰带着人通宵达旦地干，不负所托，尽管是第一次编制手册，事情还是做得很漂亮。接着他又娶了老战友的女儿，从此便在老首长这里受到特别照顾，从一名维修工，短时间内做到分管机务的负责人。引荐他给老首长认识的战友，成了李英杰的下属。

一次，老首长的后辈战友因在饭局上公开批评了李英杰一句，李英杰感觉受到冒犯，便半夜敲门到老首长家哭诉一通。次日，老首长把后辈战友叫到办公室批评了一通，让他要服他管束。这个后辈战友非常不服气，提醒老首长注意李英杰的为人，但老首长转眼就把这事儿忘了。

老首长之所以不在意，是因为李英杰表现得乖巧，他阴险狡猾而又深藏不露。一起外出公务时，老首长坐着，他就在身旁站着，绝不敢坐着。他察言观色能力一流，不用有表情或者动作，他就能猜到老首长需要什么，功力深厚至此，愈发深得老首长的喜爱。至于儿女情长，在老首长看来，都不是事儿，不是大事儿。

今天这一出，让老首长没有想到。他像个家长一样，安慰了李英杰，拍了拍肩膀，把他送出了门。临离开前，老首长表态替他想想办法。

离开老首长家后，李英杰在一家酒店住下，时间还早，不到晚上10点，打了个电话给他的老情人。老情人款款而来。一阵颠鸾倒凤后，他对她说，他和宁英提出了离婚。

这个消息着实让老情人吃惊。她一厢情愿地认为，提出离婚当夜就约她，李英杰是在表达爱意。而李英杰只是喝了点酒，有点欲望，有点需求，有点孤单，有点需要有个人在面前。他并不避讳地对她说，有她在面前睡不好。深夜两点，李英杰让老情人打车离开酒店。

一早到办公室上班后，李英杰查了排班，这天王闻飞飞早班，晚上很晚才回熊猫城。接着，他去了老首长办公室。

老首长看到李英杰眼眶红润，有点不忍心。他招呼他坐下。李英杰站着，向老首长行了个军礼——姿势十分不标准。老首长下意识地回了礼。

李英杰哽咽着说：“老首长，谢谢你的栽培，我是来辞职的。”

老首长不动声色。他接过辞职信，就把它扔到了垃圾筒。

“你从今天开始，休假一个月，回来再议。”

李英杰点了点头。眼泪顺着脸颊滑下来，时机非常巧妙，打动了老首长。

在部队，他们在身体素质训练环节摇晃的圈子里摇晕到不醒人事，也没流过一滴泪；百万大裁军时，他所在的部队解散了，一下子像没了魂，没了家，他也没流过一滴泪。但是，现在他看到一个年轻后辈，第二次在他面前滚落泪水，产生了恻隐之心。

20 夜晚和重生

隔了仅仅一天多，李英杰再次出现在了林一丹面前。他眼窝深陷，一夜之间似乎消瘦了很多，眼神涣散，十分憔悴。

林一丹想起李英杰逐次出现在她面前的场景。她隐约记得，他第一次和她私下说话时提到他是单身，并对她表现出了强烈的好感。不过，她对这个其貌不扬的中年人印象不好。长相不好是首要，其次是他整个人透露着一种阴柔和不怀好意，甚至有点猥琐和不讲道理。

在熊猫城无助的时刻，王闻飞和她的照片事件拉近了李英杰和她的距离，那是从无到有、从嫌隙到接纳的一个夜晚。

“我提交了辞职报告。领导让我先休假一个月。”

李英杰没有问林一丹准备怎么办，只是极尽照顾和讨好。尽管他因对林一丹肚子里小生命的嫌弃而对林一丹带着鄙视，但他没有表现出来。跟内心里滚烫的好胜心相比，这实在不值一提。他很好地管理了自己的情绪，把一切压在了心里。

林一丹身体比较弱，医生建议她住院一周，这样才能保住孩子。第四天中午，林一丹睡着后，李英杰去超市买东西。回来后，他发现林一丹在发呆，一言不发，神情很奇怪。当天傍晚，林一丹和他说，她不准备要这个孩子了。

李英杰望着她，她突然一下坐起来，抱住了李英杰，她对他说，茜茜来过了。

夜晚，林一丹独自躺在床上，嘴里燥热又干涩，带着苦味，只要转动一下，头就会钻心地疼，晕厥感阵阵袭来。夜稍微深时，李英杰离开后，她愈发感到寒冷，浑身战栗起来，她摸索着脱掉了罩在身上的病号服，试图让身体贴得被子更近一些，似乎这样做就能使她少掉更多束缚而舒服一些。

她试着入睡，但怎么也睡不着，茜茜眼神里闪现的轻蔑令她的自尊心从未有过地受伤。她想倒杯水，手接触到杯子时，杯子冰凉，而她的手滚烫，跟她的额头一样滚烫，剧痛也随之涌来，她深呼了一口气，有气无力地收回伸出被子外的手，心脏快速跳动，似乎要从胸口奔涌而出，体内一阵痉挛般的疼痛一闪而过，接着是寒意浸透全身，传到脚尖，鸡皮疙瘩从手臂的毛孔里冒出。

她缩起腿，蜷成一团，牙齿打着颤。她在空无一人的单人病房里独自呻吟：“好冷，好冷，冷死了。”

呻吟并没有让她暖和起来，而是让孤独和绝望闯进来。王闻飞并不知道她在这个夜晚经受的一切，即使她死了，他也不知道她是这么被冻成冰块的。没人听到她的呻吟，她有点同情自己，暗自发誓，等这次劫难过去，她一定要找个人，能知道她夜半的孤单无助。

林一丹躺在床上，一会儿发抖，一会儿喘气，接着她在暗夜里独自流泪，疼痛让她感到心里的支撑正在崩溃，她问自己，什么时候才能睡着，睡着了就不疼了。

窗外的月亮听不到暗夜里梦呓般的呼喊。屋子里的黑暗呈现幽灵般的面貌，幻化成无穷无尽的未知恐惧，林一丹感到害怕。她试图盯着能透进月光的任何缝隙，那样的微光对她来说是一种宽慰。长夜漫漫，似乎没有尽头，她希望自己能挨到天亮，感受清晨第一缕阳光。想到这点，她有了一点力气，可是那无休止的疼痛肆意翻滚，没有远离的迹象，搅得她精疲力尽。

夜还在深浓，黑暗也愈发悠远，寒冷如此绵长。

空无一人的夜。

终于，黎明的一点点光划破了夜色，林一丹微弱地睡了过去。噩梦竟然比睡不着更让她感到害怕。茜茜的鄙视神情在一双巨大无比的眼睛里闪现，这双眼睛的后面是嘲笑，先是一个人的，接着是两个人的，紧接着是一群人的、无数人的，一起嘲笑的声音。无论她如何闪躲，这嘲笑都围绕着她，缠绕着她。她拼命地摇头，试图驱赶此起彼伏的嘲笑声，却愈发感到无助，一阵混乱的摇晃之后，林一丹彻底把自己从梦里摇醒了，她意识到自己终于醒过来了。

清冷的黎明渐次来临。林一丹静静地躺了很久，身体疲乏劳累，非常不舒服，她渴望再次睡去，可是害怕再次进入那样的噩梦。她暗暗地对灰色的黎明发问："我是不是快死了？"

她从来没有此刻那么渴望有个人在身旁，她盼望着李英杰的出现，以消散那一夜的折磨。随着天色渐渐亮起来，林一丹开始发烧，头痛得让每一寸肌肤和每一个毛孔的感受都那么剧烈。在那个空空的房间里，林一丹独自承受着流产前夕的疼痛，清晨5点左右，她感觉到了尚未成型的小生命从她的身体里分离，她再也无法忍受，惊叫起来。

经历了生死之劫后，林一丹仿佛重生了，她渐渐对李英杰产生了依赖感。除了睡觉的时间，他们几乎形影不离。

一个月还余两三天就要过完，正在这个当口，宁英联系了李英杰表示愿意和他聊聊分开的事情。李英杰此时正在酒店，他开始收整东西，准备回熊猫城面对他需要面对和解决的问题。

他捡起桌面上被他歪歪倒倒的字写得满满当当的一张纸，再次仔细浏览了一遍。这是一张记录着他和宁英全部财产的纸：哪笔存款何时到期，他还有哪些工资和福利没有领，接下来还能有哪些收入，什么时间点离婚对他最有利……这也是一张财务规划表，一笔笔标注着李英杰婚姻的价格，怎样算计才能多得一点。这一笔笔的明码标价中，没有感情的成分，只有数字。

回到家后，李英杰发现这里的摆设和味道什么也没变，他却对这里充满着厌弃的情绪，如果宁英没有在那张财务规划表他算定的时间前和他办理完离婚手续，那种情绪恐怕会由厌弃转成仇恨。在真面目被撕开后，李英杰的现实、冷漠和自私将如何毫无遮掩地显现？他对此没有任何顾忌。

因为对宁英的厌弃，他对他和宁英的儿子也产生了厌弃，他们对他拥抱新生活只是负累，没有任何价值，他只想尽快彻底摆脱这一切，张开双臂拥抱他的新生活，拥抱他浮华之下的虚荣心。他认为，人追求新生活天经地义，谁都没有权利阻止，他并不准备让他人认同他的价值观，也不在意别人是否认同。

宁英憔悴的样子和泪眼婆娑没有赢得他丝毫的同情，更别说愧疚。李英杰并不知道，从他上次离开那天晚上开始，宁英就一直在寻找李英杰变心的原因，她用尽心机拼命寻找答案和交代。尽管后来，她醒悟过来，这些答案和交代也没有任何抚慰人心的地方。如果她知道她所做的一切不过是自我挣扎和不接受现实，那她一定不会那么疯狂和迷失，而是平静接受一份死亡的婚姻和一段没有爱情的关系。李英杰有过冲动，有过欲望，但并没有爱过她。她错误地理解了婚姻生活中戴着面具分裂生活的一切假象，对于李英杰来说，这些都是权宜之计，是一种进取，一种退而求其次和一种现实选择背后的攀登的捷径。

宁英找到了李英杰的老情人，并和她面对面谈判。老情人与她针锋相对，她们在一段又一段自我催眠中，用爱李英杰的假象拷问自己的内心，两人都感到了欺骗、受伤和幻灭。她们对对方大打出手，抓伤了彼此，大把大把地扯断了对方的头发，而在滨城的李英杰对此一无所知。如果他知道这个情景，恐怕也只会无动于衷，甚至觉得无聊。

宁英在外伤和内伤焦灼的煎熬中，不再带着幻想。

半年很快过去。

这一天，王闻飞邀请林一丹到公司做一次关于试飞的经验分享。再次见到林一丹时，王闻飞觉得她愈发清瘦，但更因具有女人的优雅气质而迷人。林一丹没有说太多话，也没有表现出爱意。分享活动结束后，王闻飞和林一丹一起在电脑投影的大屏幕中看了《悲惨世界》这部电影。电影结束时，林一丹百感交集地说了一句："悲惨世界，真是悲惨啊。"

林一丹说这话时，想起了她和王闻飞那份震荡心扉而又深刻触及她内心的感情，那些期盼、心动、委曲求全，欣喜、受伤和随时可以被点燃又不得不压制的感受，她觉得，茨威格在《一个陌生女人的来信》中，陌生人写给她深爱的男人的那封长信，描述的正是她想描述和她所经历的。

“在你本人还没有闯入我的生活之前，你身上就围上了一圈灵光，一道富贵、奇特和神秘的光华……在这第一秒钟里，我就十分清楚地感觉到，你是非常独特的，我和所有别的人都意想不到地在你身上一再感觉到，你是一个具有双重人格的人……从这第一秒钟起，我就爱上了你……我相信，没有一个女人像我这样盲目地、忘我地爱过你……”

“世界上任何东西都比不上孩子暗地里悄悄所怀的爱情！因为这种爱情让人不抱希望，曲意逢迎，卑躬屈节，低声下气，热情奔放；它与成年女人那种欲火中烧的、本能的、挑逗性的爱情完全不同；只有孤独的孩子才能将他们的全部热情集聚起来……我毫无阅历，毫无准备，我一头栽进了我的命运之中，就像跌入了万丈深渊。从那一秒钟起，我的心里就只有一个人——就是你！”

林一丹的那句话和这个场景，永远地停留在王闻飞眼前，之后再次见到林一丹时，它们又如精灵般在他眼前闪现。

21 首次带飞

人生像一条路，忽而西，忽而东。这是王闻飞和老首长一起面试飞行员后想到的。

那天他们一共面试了三批飞行员。

第一批飞行员出身空军，是老首长找部队要来的。他们列队整齐，挺直腰板，目视前方，行军礼，接着报了一声“首长好”。老首长回了个军礼。

四位空军飞行员表情拘谨，显得有点不自信。班长绷着脸，目光忐忑。从飞战斗机改飞民航飞机，需要重新适应一套新体系，而这套体系由欧美公司制定和掌控，这意味着英语能力对从小当兵出身的他们是门槛，现实需求又逼迫他们特别希望面试成功，紧张感弥漫在这个并不宽敞的会议室里。

面试双方一问一答。在复杂严苛到残酷的飞行环境中洗礼过的战斗机飞行员局促的表情，患得患失的神色，王闻飞尽收眼底，他有点不忍心。这对前半生戎马生涯的他们来说，是全新的考验。部队不再需要他们，家庭更需要他们时，他们不得不做出选择，重新进入社会，在赤裸裸的社会现实和人到中年而无一技之长的尴尬境况下，他们得担负起家庭重担。

想到这点，王闻飞眼前浮现一个战友的模样。他们同批被招录进入空军部队。这个战友年轻，热爱飞行，努力又意气风发，却终因动作要领掌握不到位和身体协调失灵，怎么都飞不出来（不能成为合格的飞行员），出现在三分之二淘汰者的名单中，抱憾出局。那一刻，他哭到崩溃。十几二十年后，一个战友在城市出租车队伍中意外地看到黝黑消瘦、面如土色的他时，感慨物是人非，恍若隔世。停留在王闻飞记忆中的，是他年轻的模样。谁没有年轻过呢？

从他们几个人身上，王闻飞仿佛看到了那个战友。他在思索，什么是福是祸，什么是输是赢，留下来是好还是不好，那些牺牲了的战友呢？

也许，一切终归是一时时的，时济，命运，谁又能提前知晓呢？有人是一人一城，一世一生，有人是九死一生，到头来不得不为生存而战。

“李飞曾经带飞过我。”

“对，李飞……”

王闻飞想起了他。

班长这句话像砸向牛顿的那个苹果一样，砸向了王闻飞记忆的长河，河水泛滥成灾。

王闻飞和李飞在同一个飞行学院的不同团部，那时他们都还不到二十岁。在其他飞行员还在飞完初教机飞高教机时，李飞因飞行技术过硬，心理素质良好，在飞行员比黄金还贵比钻石还稀缺的年代，就飞了七十个小时，便被选为教员。

这对他来说，是无上的荣耀。飞过简单特技的李飞开始带他人生中第一个学员，这个学员第一次见教员，对这个掌握他生死权的小老师充满敬佩。他对李飞说："教员，你在空中给我做个筋斗呗。"

李飞不会做，他没飞过高级特技。

他不好意思说不会做，学员崇拜的目光撩动了一个半大孩子般小老师的虚荣心。

李飞不动声色。他对学员说："你练练这个。"说着，他做了个拉飞机机头的动作。

"这不是筋斗。这是控制飞机机头。"不妙，学员看过教科书。

李飞当天飞的是一架小飞机，空中高度为1300米。为了挽回颜面，他准备给学员飞个筋斗露一手。翻筋斗时高度更高，能更从容。李飞把飞机高度拉升到了1500米。

飞筋斗有一定规律，如果做不好，拉杆拉得太快，速度会突然消失，出现失速的险情。李飞没有掌控好拉杆，失速了。失速的结果是，手脚没有用武之地，飞机往下掉，再往下掉的结果就是摔飞机。

掉到一号空域的400米高度时，在空中惊出天际的李飞瞬间做好了最坏的打算：摔下来前，大声喊出“毛主席万岁”。

在想着喊出这句话时，李飞脚下一阵胡乱蹬舵。

如有神助的是，蹬舵产生了魔力。

飞机开始侧滑，侧滑后产生了升力，升力可以消除失速状态。飞机一下子被拉了起来，拉起来时高度差不多200米。十八九岁的李飞在200米近距离的空中和死神对望了那么一刻，吓得他失魂落魄地摆脱了它。

在胡乱蹬舵时，李飞从来没有那么清楚地看到一家汽车制造厂的大烟囱。

飞机拉起来，李飞对学员说：“今天就到这，我们回去。”

落地时，李飞的飞行员棉服湿透了，没缓过劲来吓破了胆的他故作镇定地去餐车盛了一碗酸菜汤。端着酸菜汤时，手抖得像打摆子。他吸了两口气，手不那么抖了，却没有一点力气，酸菜汤重若千金。

他端着这碗酸菜汤去了塔台，找到中队长。中队长是飞行训练的副指挥员。李飞对他说：“今天身体不舒服，能不能代替我飞？”中队长说：“行吧。”

李飞自个明白，他是吓坏了，惊魂不定。

中队长回来后，李飞对他说今天出了个事儿。他央求中队长不要透露出去，以免影响中队的声誉，虽然没摔飞机，但严重事故的处分少不了。

学员一直没闹明白，怎么他们的教员做了个拉升后就回去了，完全不知道发生了什么。

到了二十世纪六十年代末，组织要求个人汇报情况，过去没有汇报的现在也要汇报。李飞汇报了他的“筋斗门”。组织同志听完这个故事一笑了之。那一刻，悬在李飞心里的石头终于落地，险情终于排除。

十八九岁的助理教员李飞，用跟死神的对望完成了对自以为是的自我批判，教训是敬畏生命。那时他想不到这么崇高的字眼，但懂得了保护生命是最高职责。

突然遭遇变故，有时是为给予那些有使命的人一些考验和铺垫。李飞接着带了七期学员，业务能力强和思想进步使他像坐上飞机般获得晋升，一路蹿升到团政委。对于一个从乡间田埂走出来的人来说，这实属罕见。

王闻飞在心里默念：“你该不是李飞带的第一位学员吧？”

李飞的军旅生涯在二十世纪七十年代中后期攀上顶峰。部队的报纸准备在党建期间头版刊登李飞所在飞行大队取得的成绩，一共五个英武连队，李飞所在的连队是其中之一。

那时的组织规则是，基层连队选出一个党委委员参加高层党委的会议，听取基层意见，李飞是人选之一，并作了汇报。

那个年代，空军部队通常在连队里学政治思想，读报和学文件。飞行员们的选拔和培养机制是先在飞行学院学习基本科目，解决会飞的问题，接下来到部队进入战斗科目学习和训练。此时的大环境处于急剧的变化中，飞行员在飞行学院中出现培养因故延期，不满的情绪渐渐演变到出现闹事，本质上是闹事的学员们心里没底。

学员们心里没底，源于团里的动荡，从团长，到政委，再到参谋长和主任，出现过四个一把手，但撤了三个，上级对团里下了死命令，限期整改。

李飞和团长面对的是一个人心涣散的中队。他负责抓党建，组织学员们重温入党志愿书，回顾当时是因为什么入党的。几百个党员当即做出反思和自我批评，担当起了积极的带头作用。

他想安抚人心，缓解紧张情绪，就琢磨着在学习形式上做些创新。他组织把学员集结，坐船经长江到基础营，跟基础营的连队对话，了解他们的生活，从思想上教育学员们戒骄戒躁，服从组织安排。接着，他安排了医学院大学生和飞行员的对话，让两个不同领域的年轻人谈心，聊志向，了解大学生对当下社会的认知和对未来的憧憬，增强学员们的信心。

这还不够，李飞组织学员以教学组为单位，下到最贫穷和偏远的农村去。学员们背上背包，搞了一周调研后，回来睡觉就踏实了。

李飞带他们去的地方非常穷，那里的人一个人每月发

31斤糙米。反差是巨大的，他们吃着空军灶，被捧为天之骄子，怨气就这么被压下去了。

部队听到反馈后，派军报记者连夜到李飞所在的中队做采访，准备把这种开放式教育的方式当成政治教育的创新形式推而广之。

军报一整版的报道可以让李飞在军内迅速蹿红。机缘巧合的是，全军在此时评选优秀党员。在中队飞行技术好，又是政委的李飞，经过层层选拔，从空军部队中脱颖而出，成为为数不多被选中的一位。

空军的优秀党员又被上报到全军优秀党员的候选名单中。全军选了几十名优秀党员，空军部队中有两位，李飞是其中一位。

李飞的汇报赢得了军内的认可和高度评价。军报的记者六月中旬的一天到达中队，准备他们的报道素材。报道将于一周后刊出。到达中队的三天后，是头版报道刊出前的最后一个飞行日。

那一天，一位年轻的飞行学员像往常一样登上了教练机，却意外机毁人亡。李飞第一个赶到现场，学员已永远地离开了人世。这个一等飞行事故，改写了牺牲学员和李飞所在中队的命运，更不可逆转地改变了李飞的人生轨迹，军内一颗冉冉升起的新星因一次意外事故而迅即陨落。

李飞记得当时的情境：飞机摔成了三段，发动机一段，机身一段，机尾一段。学员在中间，还保持着原样，他盯着这个场景发愣，像失了魂一般。

学员是在做横滚时掉下去的，调查的结论是违反空中纪律。

李飞存在疑虑：这位学员日常技术相当稳定，他想起了他转调驻地时因飞机故障而出的一次险情。

那是一款苏式教练机，通常在几百米高度训练。李飞驾驶的这架飞机飞到几十米坡度时就无力爬升。李飞紧急处置，把飞机转了一个小圈，调转返场，五出五进，飞机依然爬不起来，在接近地面的位置，掉落在了草地上。

飞机刚落下时，中队从经验来判断，原因出在这位年轻教员操作开关失误。

那是一台试飞的飞机，维修飞机的机务组坐在李飞身后。飞机落下后，机务组下机检查，到了后半夜，发现是发动机配动装反了，原本是飞机上高度时转数增加，但配动装反了后，飞机上高度，转数却下降了。

有没有可能是飞机故障?

李飞决定推动对事故更全面的调查。最终结果是，飞机起落架正下方的助力液压瓶爆破造成机械事故，助力液压瓶爆裂后导致飞机自动翻转，翻转失控造成机毁人亡。

不过，在最终调查结果出来前，准备提拔调往大队做政委的李飞被改为平调，这成为李飞彻底离开他最钟爱的飞行事业的序曲。

没有什么挫折比这次对李飞的打击更加彻底，生活上的舍弃都不算什么。

在中队做政委时，李飞有连续19个飞行日，太太来探亲，这19天他都不能回家。飞行员的宿舍离太太所住的招待所隔着一个菜地的距离，如果他招手，太太站在对面可以看到。

作为政委，李飞晚上在宿舍检查飞行员是否都睡了，以免影响次日飞行。迎面碰到了副大队长正返回宿舍，十分尴尬。夜里10点没有在宿舍休息，只有一个解释，就是他回招待所了。回招待所是违反纪律的。

李飞住在副大队长的隔壁，之前检查时，他的蚊帐放了下来，鞋放在床边，这套规定动作意味着他已睡下了。

转头却在这里碰到了他。

李飞善意地问："你上厕所了？"副大队长说："啊……对，对，对。"

李飞的太太在招待所住了19天，两人没有谋面。

李飞觉得沮丧，但遵从了部队的纪律。这次飞机故障，让他有深深的挫败感，机毁人亡的年轻学员被追认为烈士。它们却沉甸甸地压在了李飞心里，一走入群山，李飞的内心便莫名地涌动复杂的感情，在那个学员飞机摔落的山谷里，深藏着李飞对他深深的思念，以及对飞行未尽的梦想。

转业后的一天，他去那个学员摔飞机的山谷附近出差，他专门去那个山谷转了转，脚下一滑，摔断了胳膊。正是那一摔，肉体的疼痛治好了他内心的伤痛，他觉得是那位学员在和他摔跤，知道他来看他了。

22

离别

阳光洒在一张孤零零的破败的木桌上。木桌上没有桌垫，布满了灰尘。李飞把手放在木桌上，加了一点力，木桌晃晃荡荡。木桌正对面有一扇窗，窗户上挤满了灰尘，没有窗帘。

这是李飞转业后的新去处。组织给他发了一个碗，一个盘子，一双筷子。他的下半生不再在空军部队，不再在空军飞行学院，不再是飞行员。他的新单位一共18个工作人员。在团里，他有专门的办公室和套间，他分管一千多人。

坐在这里时，只要飞机一响，李飞便透过那扇窗户往天上看。中队摔了飞机后，李飞的心里是无穷无尽的复杂情感。此时，转业潮在部队兴起，大势难逆。二十世纪八十年代的百万大裁军，改变了很多人的命运。

从十几岁从军开始，李飞就长期在部队生活，当听说部队要撤编时，他产生了一种错觉——战友和战友间的一切联系即将中断，像脱离了地心引力，开始失重。他还记得二十周年国庆阅兵时的场景，他带过的学员参加了那场阅兵仪式。

二十多年，恍若一下子没了。

离开部队的那一天真正来临时，李飞的心情难以描述，割舍不下的不仅是超过7500天和一去不回头的少年和青春时光，还有挥之不去的飞行念想。李飞想去民航继续飞，却遭到太太的坚决反对——她目睹了李飞这些年来情绪上的变化，深感生命无常，飞行工作让她感到更加不安和无常。

事隔转业二十多年后，李飞晚上做梦，都是在飞行：梦到在他驻场过的飞行学院飞行；梦到飞上天，便落不下来；梦到天气不好；梦到在战场上遇到特殊情况了；梦到少年的他飞上天后，紧张时背起毛主席语录；梦到他第一次带飞学员，飞机失速后，他想大声喊出“毛主席万岁”。年轻时他也做梦，梦到的都是考试，关于哪道题不会做或数学题算不出来。

四十一岁的李飞转业到干休所。干休所里的老干部，有些是参加过战争后荣休的，有些是在十年运动中遭遇过劫难的，每个人都有不同的故事，充满了人间的味道。

他有时在办公室里偷偷掉眼泪，想起的都是那些在高空中耀眼的晨光，以及夜航飞行中的满天繁星。

在空军飞行学院期间，他第一次谈恋爱处对象，恋爱对象成为他的太太。第一次看望恋爱对象回到大队，二十多岁的他被通知到政委处谈话，政委说他被升为大队长，他感到无比荣耀。

那次升为大队长的谈话，跟十多年前部队领导找他谈话时他总提心吊胆不同。十年运动已然过去，背“老三篇”的日子已然过去，毛主席永远活在了他的心中。

转业后，王闻飞和李飞经常找机会见面。李飞和老首长曾在同一个空军飞行学院短暂共事，就是这个原因，转业后王闻飞才认识李飞。王闻飞记得李飞回忆老首长回民航时的情形。

在人生盛年的三十多岁时，老首长曾被一场大病击倒，之后他从空军飞行学院回到了空军地方部队。

比李飞的人生更耀眼的是，在此之前，老首长已在部队荣升到副师级，他关于经济体制改革的文章惊动了高层，得到了高层的赞许，通报表扬。

从部队到地方民航，老首长一直没敢和他母亲说。他母亲坚决反对他离开部队，把他的照片放大挂在家里最显眼的地方，弟弟和母亲一直称他为“司令”。

想到这里，王闻飞望了邻座的老首长一眼。老首长眼角的皱纹显示着他的阅历。他正在向第一批面试的飞行员提问：“你们如果过来，部队能放吗？”

此刻的老首长脸上挂着微笑，他精力充沛，完全想象不到几年后到来的那场大病才是对他真正的生死考验，更想不到，此刻坐在他右侧已被他升任为总经理的李英杰，会成为他民航生涯中最痛心的记忆。

老首长到这家航空公司时，中国民航的市场化改革才初露端倪，那是一个坐飞机需要开具单位证明才能登机的年代。也是那次，王闻飞和老首长一起去见了同城航空公司的负责人，对方让他缴械投降，给他个总经理位置。

他想买欧美客机，但地方财政的支持还不够买飞机的一只机翼，那只是从农民卖出的粮食里一点点收来的税费。相比之下，如今那让他缴械的同城航空公司已被集团公司撤并，老首长为扩张运力而面试飞行员，一晃十年。

老首长对空军飞行员有天然的偏好。他对于这些徒子徒孙如何成为战斗机飞行员了如指掌，他们都是在恶劣环境下，通过一点点地抠手动技术成长起来的——而非当时已流行起来的自动驾驶。

对战斗机飞行员的考验也是艰巨的——如果到民航工作，除了手动飞行，还要学自动驾驶，掌握欧美客机的一整套体系，通过这套体系中派生出来的各种考试，获得国际通用的飞行执照。

这对他们来说，是重生：从头学习英文。对更早几十年的飞行员来说，更大的挑战是飞机制式可能也不同：战斗机也好，俄罗斯的飞机也好，都是以俄制为单位。欧美则是用feet（英尺）。

战斗机飞行员们改飞欧美民航客机，各有各的招。改不了的，只能被淘汰，这就是国际规则。

王闻飞曾带老一批飞行员到欧洲小城改飞。他们到达宇航名城后，立即被这里充沛的阳光和丰富的色彩吸引。

王闻飞除外。他心事重重，接机时对方语言中的弹舌音让他忐忑不安，之前他的飞机被劫持都没有让他这么慌乱过。王闻飞在空军部队学过一年半的俄语，他没有学过一点英语，更别说法语、航空英语了。

法语教员讲了二十多分钟后，把他们送到了住处。翻译也没完全听明白这个法语客机教员说了些什么，把二十分钟的话断断续续翻译了十五分钟的内容。

到了住处后，王闻飞翻开教材，头皮发麻——全是英文。英文和他互不相识。

教学的测评也是英文的。改革开放初期的城市，人们普通话说得还不够利索，更别说英文。

教员的英文并不会写全，而是代码和航空专业英语的简写，这对于年龄有点大的王闻飞和他的同行者来说，就像在读甲骨文。

那是全球最先进的飞机系统。从深山部队出来的王闻飞等人到这里来不仅是见世面，还要知己知彼，征服它们。这套科学体系分了系统和条目，听完教员讲解后，回到住处，他用地方方言把航空英语挨个做了发音标注和含义阐释。

外面吃饭太贵，他和同事都在住处做饭，一边做饭，王闻飞一边练习：gear是起落架；landing是着陆；take off是起飞。一遍一遍地背，淘菜时背，切菜时背，上厕所时背，出门路上背，死记硬背。

在现在的年龄从头学英语，比从小学时学英语付出的努力多很多，因为记忆力呈下降趋势。

航空英语与通常英语比起来，王闻飞又觉得不同。他拿着“a”去问翻译，翻译说这读“诶——”，把读音拉长；教员说念“阿尔法”。他就懵了，同一个字母，念法还不同？他就背“阿尔法”。

翻译用一句话也讲不清楚“a”为什么有两个念法，她要求他们每天出门路上一直念，一直背，按照教员教的背。但是，翻译和教员怎么教王闻飞飞机跑道“airstrip”这个单词，他都发不准音，于是，他晚上吃完饭念，一遍遍地念，念到半夜一两点才睡。早上一起床，对照着笔记默写。

有一天，一个救援兵出身的飞行员黑着脸对王闻飞说：“老王，我回去了。这怎么改，改不出来！我不懂英语！”说完，他眼眶都红了。

这个飞行员从部队转业而来的，年龄只比王闻飞小几岁。王闻飞抬眼看了一下他，对他说：“我告诉你，你死学也得给我学出来，给我改出来。你不能回去，不能现在回去，改不出来不许回家。”

中国民航里没人飞过这种飞机，王闻飞带的这几个人是第一批改飞这种飞客飞机的，他比救援兵学得更吃力，但他想着军人出身，没有吃不了的苦和克服不了的困难。他想老首长派他第一批去，虽然没有明说是军令，但老首长的信任比军令还重。

终于到要考试了，轮到王闻飞和同组一个飞行员先考。

飞机飞着飞着还有三分钟落地，教员设置了一个起落架故障来考验他们。教员对着他们喊话：“Too lower。”

两人都像没有听懂。

教员对着王闻飞警告：“Too lower。”王闻飞还是没有听懂。

教员给的警告，不是直接提醒放起落架，而是表示这个高度再不放起落架就太低了，要注意。

同组的也没听懂。

飞到三十英尺高度时，教员“叭”的一声关掉飞行模拟机，把王闻飞赶出驾驶舱。

出驾驶舱后，教员用英语把王闻飞臭骂了一顿。虽然王闻飞没有听懂，但是特别没面子。带飞过诸多学员的空军飞行学院一流飞行员的王闻飞，被教员劈头盖脸这样质问。

翻译后来告诉他，是起落架没有放。翻译在他们身边，听到“too lower”时也没弄懂意思，她翻译出来的意思是“太低了”。

“太低了”是什么故障？三人都没弄明白。

教员点评时说道，王闻飞和同组飞行员一直是飞得最好的，怎么排除不了这样的故障？王闻飞明白，这“too lower”把他们蒙住了。跟王闻飞同组的飞战斗机出身的飞行员，飞过世界上最难飞的歼敌机，但在被教员大骂时，他全程低着头。

教员给王闻飞和同组飞行员加考了几场故障排除，让他们回去好好准备。所有故障的排除，王闻飞和同组飞行员都练习过，这次他们得到的教训是不要听教员提醒什么，只管聚焦找出飞行中被教员设置的故障。

教员抽了电气系统故障、机翼系统故障和保护设施故障的排除来考。王闻飞和同组飞行员顺利排除故障，飞机安全落地。

教员说：“Ok，very very good！”

考试顺利通过，王闻飞比初到欧洲小城时瘦了15斤。

王闻飞想想，这下好了，除了手动驾驶，自动驾驶也学会了。现在飞的飞机很先进，全自动电子操作，驾驶舱和他学飞行时的已完全不同。模拟驾驶舱通过位移产生电信号，传到计算机，计算机通过电流传到传动装置，形成偏移，带动飞行。全自动飞机拉钢索，拉多少偏多少。

它和传统的有区别，但万变不离其宗。再先进的飞机也会有意外的可能，这就需要发挥人的作用。把自动飞行系统全部切断，输入定位，再通过塔台识别，手动便能发挥作用。手动飞行恰恰是出身空军部队和空军飞行学院飞行员的强项——手动飞行动作细腻，手感很好。

和老首长面试这批飞行员的前一晚，他梦到了飞行。梦中他把飞机飞过境外后，忘记和塔台联系。飞机稳稳当当地落地。对航空圈子来说，他这属于失联，这令他从睡梦中被吓醒。

23

重逢

第二批面试的飞行员组成比较多元。

王闻飞翻了翻简历，这批飞行员有来自M城航空公司的飞行员，有飞过战斗机的，有飞民航的，还有的飞过高层专机。

进到会议室后，这批飞行员的目光比较散乱，眼神转圈，东张西望，显得有点热情，修养不错，进门后礼貌地说“长官好”，并鞠躬。

王闻飞想起面试前老首长对他说，过去派出战斗机巡逻，你警惕我，我警惕你。你不要过来，过来我就开打；我也不要你过来，你过来我就开打。两边巡逻机经常擦肩而过。如今，大家都一起飞民航，你中有我，我中有你，一家人。

老首长说，一家人开启了新的民航事业。

事情是这样的：中华人民共和国开国大典后，香港繁忙的启德机场工具库戒备森严，蹊跷的是，那段时间经常有人在午夜12点后潜入仓库，却未被过多阻挠。这些人把贵重的航材装进大木箱，一个月后就积攒了整整40箱，价值不菲。

装箱的人在密谋两航起义。一天凌晨5点，飞行员到机场执行飞行任务，航材已被装进12架飞机，整整齐齐地停放在跑道，塔台上的电话线已被剪断，只待时间指向6点。

塔台当值的美国籍组长突然要打电话，发现电话线已被剪断。他朝候机室走去，机务人员也朝候机室追去，与他攀谈拖延时间，通报飞行计划得到许可后十分钟，飞机将陆续起飞。

飞到半路接到紧急通知，说是遭到拦截。飞行员并不害怕，他们知道战斗机速度快，重量轻，遇到拐变刹不住，容易窜出去。民航客机不会，他们打算以此周旋。很快大家得知，飞越山沟时报务员紧张过度，把前面的鸟看成了敌机，纯属误报。

八小时后，第一架飞机落地。留守香港的起义小组接到消息后激动不已，立即按原定计划组织在港的“两航”员工签名支持起义。之后，两公司受中央人民政府管辖。北飞的12架飞机，以及后来修复的16架飞机，构成了新中国民航初期机群的主体。

这批面试的一名飞行员自我介绍说，他之所以到熊猫城来做飞行员，是因为交了一个女朋友，他想到这里定居和生活。

王闻飞顺势问他，为什么做起了飞行员。

这名飞行员说，多年前，他和父亲乘坐一架飞机到南方城市，飞机却被劫持到M城。那时他和父亲，以及整架飞机上的人都经历了考验，飞机从M城起飞返回南方城市时，父亲和他还一起唱了《爱拼才会赢》这首歌。他被父亲眼中的泪水打动了，那个画面一直在脑海里萦绕。

父亲那次飞南方城市，是去看望这里的一个亲戚，这个亲戚在二十世纪六十年代末被关在这个省会城市附近的农场，之后成为小有名气的药剂师。那天，这个药剂师因癌症病危，处于弥留之际。经历劫机事件的次日，平安返回南方城市后，父亲在他清醒的时刻见到了他。他看到父亲热泪盈眶地对药剂师说："一切苦难都已过去，今天我能见到你，感谢这趟航班的机长，感谢命运的安排，感谢一个特别的中秋和特别的团圆。"

这名M城飞行员很佩服那次执行飞行任务的机长，他对父亲说，他想做飞行员，带每一个平凡的人平安抵达他们想到的终点。回到M城后，他成为航空公司的一名机长。

王闻飞不动声色。他想起了那个场景：他的飞机被劫持落地M城机场准备返航前，空姐在客舱分发三明治和月饼，有个商人唱起了"人生可比是海上的波浪。有时起，有时落。好运，歹运，总嘛要照起工来行。三分天注定，七分靠打拼，爱拼才会赢"。

坐在旁边二十岁出头的儿子附和着父亲的声音，一边打着拍子，一边跟着唱起来。

他没有想到，这竟促成一个如此美好的事情——那个商人的儿子到他做总飞行师的公司来做飞行员。

老首长留下了这名来自M城的飞行员，让他成为熊猫航空的机长。他呈递了一份申请，几经周折征得了层层审批的同意答复。

蹊跷的是，八九个月后，这名飞行员来到王闻飞办公室，意外地向他提出辞职。原因是女朋友是芭蕾舞老师，原计划他到熊猫城后，女朋友也到熊猫城工作，但就在女朋友准备到熊猫城时，她接手并一直在培养的一个芭蕾舞学员，获得了参加一项国际赛事的机会，这对于学员、老师和学校来说，都是无上的荣光。紧张而密集的训练，让女朋友无法离开滨城，飞行员前思后想，更好的办法是他回滨城工作。

获知这一情况后，王闻飞询问M城飞行员的意见，他正好去滨城出差，他以公司领导名义去见见他女朋友，是否可行？

这是王闻飞十多年来专程去滨城出差，他的计划中有拜访林一丹这一环节。

见到林一丹时，王闻飞的心情是矛盾的。从她到熊猫航空培训，一别已是多年，除了褪去稚气变得更精致，林一丹的变化不大。最大的变化是她是李英杰的太太。林一丹提出要去和王闻飞见面吃饭时，李英杰一点犹豫也没有，他知道王闻飞此行的目的。

王闻飞和林一丹约在滨城一家西餐厅见面。他们差不多前后脚到达，两人都有点忐忑。王闻飞更加沉默，眉角的上提难掩内心的欢喜。他怎么可能不思念林一丹呢？有时，他会回到梧桐树下那个50多平方米老房子的三楼，独自坐在客厅里，回忆和林一丹之间发生的一切，只不过愈想愈觉得徒劳。他想起多年前，林一丹和他一起看完《悲惨世界》后离开时冷漠而决绝的神情，那时他甚至没有勇气问一声，几个月不见，她是不是还好。他感受到，林一丹像换了一个人，已经记不得他们之间那些悸动和吸引。

林一丹剪了短发，显得愈发干练。也许是褪去了青春少女的羞涩，林一丹的表达显得更自然。她自然地拉开椅子，自然地落座，自然地喝了一口水，自然地拿出菜单，翻看菜谱，眼睛用余光不经意地搜寻着王闻飞，却被王闻飞碰了个正着。两人都会心地笑了。

就像事先安排好的剧情，嘈杂的顶楼响起了这一年刚流行起来的歌曲。

“我来到，你的城市，走过你来时的路，想象着，没我的日子，你是怎样的孤独。拿着你，给的照片，熟悉的那一条街。只是没了你的画面，我们回不到那天。你会不会忽然的出现，在街角的咖啡店，我会带着笑脸，挥手寒暄，和你坐着聊聊天。我多么想和你见一面。看看你最近改变。不再去说从前，只是寒暄，对你说一句，只是说一句，好久不见。”

王闻飞和林一丹连寒暄也没有，他只是坐着。林一丹则主动问起他来滨城的目的。王闻飞说，他要去见一名M城飞行员的女朋友，人在滨城，他希望这名飞行员留在熊猫航空。

“他坐在那班飞机上。”

“哪一班？”

“你过去常问起我的那一班。”

“啊……这么有缘。”

王闻飞点点头。

“他女朋友在滨城工作？”

“对。”

“这太巧了。我们都在滨城。”

林一丹自知言语有失，表露了她对王闻飞的挂念，便收住了口，把脸调转了方向。

此刻，餐厅外江面上，夜游船闪耀着五彩的光，阵阵夜风让夜在他们周围沉寂下来。王闻飞的目光异常温柔，他几次欲言又止。林一丹看穿了他的不安，但若无其事，假意没有发现。她能怎样呢？说什么也回不到那一年、那些天。他们静静地坐着，什么也不说，他们看着对方，林一丹眼里浮现着童话沟外的寒夜，音乐广场的依偎……

24

地震

M城飞行员女朋友的舞蹈学校，是在思南路一栋八层建筑的二楼。王闻飞站在一个有些老旧的电梯口，一部很旧的电梯把他带到了二楼。他沿着一条逼仄的走廊走了一小段路，看到了一些落地玻璃围起来的屋子，再往里走，是入口，他被前台带到了一个小小的办公室。

两分钟后，一位年轻女士出现在他面前，脸蛋红扑扑的，看起来非常健康。这位女士那么瘦，那么高挑，耳垂下一副闪闪发光的耳环随着她的站定轻微摇晃。

他了解一些她的情况：十六岁加入专业芭蕾舞团，成为芭蕾舞舞蹈专职演员。几年后，恰逢黄金时期却遭遇伤病，不得不因此放弃职业生涯，转而成为芭蕾舞舞蹈老师。

王闻飞想了一夜，跟她说些什么好呢？等她在对面坐下后，他以从军生涯和战友们的故事来打破沉默。

他们不是第一批空军飞行员，但也算是非常早期的学员，学员来自全国各地。有一个学员的爷爷有四兄弟，可是，在熊猫城解放前一天晚上，他爷爷的三兄弟全部自杀；他爷爷去世时，他爸爸才十多岁。为此，空军飞行员招飞时，对他的审查严之又严。到部队后，他比所有人都勤奋，却遗憾没有得到很好的升迁机会。转业后，他在机关工作过一段时间，后来，还是觉得想飞，这辈子除了飞行似乎什么也不会。为了实现自己的梦想，他还是辗转到民航，继续飞行，并幸运得到飞专机的机会，获得首长的高度赞许，他觉得这辈子终于被肯定了。飞行梦想和现实职业理想终于和谐相处，不再互相抵触。

气质优雅的年轻女士听得入了迷。这是她未曾听说过或经历过的生活。

接着，王闻飞讲起了一位参加过战争的空军首长，他曾在战争快结束时，驾驶战斗机在外国领空飞了一圈，最终平安归队。他进入空军部队是父母的意愿，希望他躲过席卷全国的饥饿，在少年时就过上相对稳定的生活，获得比常人优越的成长机会，并在部队中历练，成为一名真正的军人，立下战功。接着，和平时期到来，“百万大裁军”后，他回到地方部队，终日操练。

年轻女士眼神中升起了崇敬之情。她想，有梦想的人就是了不起。当她从王闻飞口中得知男友的顾虑后，禁不住对男友的爱意更加增多。她对王闻飞说，她鼓励男友留在熊猫航空工作，等她带完五个月后的重要赛事训练，就去熊猫城跟他一起生活。

五个月后，一场前所未有的大地震发生了，每个人的命运都重新被安排。

地震发生时，那位参过战，现居熊猫城的老首长，正从轮休的午睡中醒来，突然听到窗外巨大的异响，床剧烈地晃动。老首长毕竟是经历过大事和战争的人，他正在不紧不慢地穿衣服，不过，刚套上背心，女儿、儿子就前后脚地冲进屋，抱起衣服提起鞋推着他往楼下奔。衣服刚穿好，车已在楼下候着，拉上空军老首长径直往部队去。他先去看了看导弹部队，安心后再返回。

红砖房还没有倒，他转身进了屋。屋子里没有人，正当他回到屋外院子时，作战部门负责人已经在院子里站着，听候派遣。地震的瞬间，民用通信中断，首长派人兵分两路了解情况，一路去到省里，另一路去到市里。

情况很快得到反馈：山里是震中，情况严重；熊猫城受损。指挥机关决定立即向灾区运动，部队向灾区开进。分派的两路指挥机关挺进受损最严重的两个区域，其余地方部队就地展开救援。

电视新闻滚动播报灾情，通信相继恢复。老首长接到命令，国家领导人第一时间赶赴灾区，须途经熊猫城，所以须先了解机场是否具备降落条件。

一位调任首长部队的副参谋长，正搭乘飞往熊猫城的飞机去报到，但飞机在熊猫城落不下来，转降至附近城市。

地震那一瞬间，出于本能，机场值班人员一哄而散，空管接收能力暂时欠缺，塔台上没了人影。

未知的恐惧无形地弥漫开来。

老首长立即联系备用机场，给出的回复是现在看可能没有问题。

“不是可能，是必须准确回答，能降还是不能降？”40分钟后，机场答复：“具备降落条件。”

国家领导人的出现，意味着勇气、信心和力量。

地方首长往备用机场赶，并同步汇报：部队已经行动。

这天下午，熊猫航空老首长和李英杰的注意力全集中在：哪些飞机在哪些城市，什么时间降落熊猫城，能不能降落下来；熊猫城的飞机什么时候可以起飞，把在这里的每个人送回他们想去的目的地。那些渴望得到救援的人及其亲人，老首长和王闻飞想办法在生命权利和安全间寻找平衡点，抢救和转运伤员。这一刻，他们都成了战场上的军人，余震不断，指挥办公地临时设置在一架废弃飞机上。这次是跟天灾开战。

当天晚上，王闻飞和老首长去机场周围察看。出城方向没有一点声音，整个城市鸦雀无声，跟往日的喧嚣有着天壤之别：没有按喇叭的声音，没有嘈杂的声音，连吵架的声音也没有，也不堵车。出租车一辆接一辆有条不紊地往城市外移动，到受伤最严重的灾区去拉伤员。平日里这帮最难对付的队伍，此刻像降临人间的天使。

城市处于紧张和恐惧的氛围中，电视中的滚动播报牵动着每一个人的心。生死大救援已展开。

一位在童话沟的朋友联系了老首长，问他熊猫航空能否复飞，能否把童话沟的伤员抢送回熊猫城。

这也是老首长关心的问题。他跟各方面保持着最快速而密切的沟通。熊猫航空没有发出取消航班的通知，历史上罕见地，大地震后九个小时，熊猫航空的航班从熊猫城起飞，随之起飞的，还有悲恸中生的信心。第一架从童话沟起飞的飞机次日到达机场。飞机在童话沟做了内部改装，座位被撤掉了一些，改为担架。这些都需要勇气，需要精密的技术与过硬的飞行本领，确保拆除的座位与装上的担架重量差不影响飞行安全。

飞机落地时，老首长、王闻飞和李英杰等到机场去迎接，为飞行员和伤员打气。机舱一打开，第一批伤员往下抬。一个老太太发出“救我”的呻吟声。李英杰抬头一瞅，电视台在拍抬伤员，他迅即上前，抢下抬老太太下飞机的担架一角，他抬着担架一步步走下飞机的身影进入了摄像机。镜头扫过移开后，李英杰丢下担架，另外几侧的几个人一个趔趄，担架差点滑落地上。他们重新寻找了一下平衡，接起了被遗落担架的一角。

最后被抬出来的是一个年轻姑娘。她是跳芭蕾舞的，原计划几天后去参加一项重要的国际赛事，回家探亲时却碰上了地震。姑娘的左腿在往外渗血。航班的执飞机长正是M城飞行员，他到客舱查看情况，恰好迎上了姑娘明澈的眼睛。那股明澈里没有恐惧，有一种震撼的乐观，让人感到振奋和升起希望。一瞬间，他被这眼神吸引。

几个小时前，她的状态还是很惨。她是几百名被埋的人中被抢救出来的唯一一位幸存者，她的腿被倒塌的石板压住，被救出来前已处于麻木无知觉状态，她的头被两块石板夹住。周围一片黑暗，微弱的光从一线缝隙中射进来。起初，腿与身体之间撕裂的疼痛一阵胜过一阵，她无比渴望着死神的降临，这种渴望是一种彻底的无助。身旁的人声音越来越弱，光线透过晃动的人影时有若无。余震和新一轮垮塌带来的恐惧比死亡更让她感到绝望。无望了，无望了，睡过去就一切都结束了，疼痛结束了，恐惧结束了，一丝希望也结束了。

恍惚间，她想起在舞蹈学校训练时的场景：双手扶着把杆练习蹲，基础姿势，一位，二位，三位，四位，五位。足尖课上，立在脚尖上重复把杆上的练习。先蹲，把脚滑到一边，吸腿立。她似乎听到了老师的敦促。她被舞伴抛起、托举、旋转。跳舞是一件多么有趣的事情！每次起落像刀锋一般划破沉闷空气再稳稳站住时，她感受到芭蕾是世界上最美丽的礼物，跟从小看到山坡上那些五颜六色神采飞扬的花儿和蜜蜂一样，是生命力、优雅和阳光。

芭蕾给了她一些希望：她还要去参加比赛，她想摸一摸那双让她骄傲的腿！但动弹不了，注意力一集中到腿上，她就感觉到疼痛泛滥。她在内心呼唤，请让一切疼痛都过去吧，过去吧，过去吧！请让我睡会儿，醒来就不痛了，如果还有痛，就别再让我醒来。

她没有想到自己活下来了。当她真的知道自己活着，被放在担架，抬上飞机，她又看到了那些花儿，那些蜜蜂，那些稳稳落下的刀锋般的舞姿，那些掌声，那些想尽办法把她救出来的人发自心底的善意和关爱，她欣喜地笑了，像一个初生婴儿一样，用重获新生的感恩重新面对一个崭新的希望，没有什么可以再打倒她。

M城飞行员遇上的是正沐浴希望的芭蕾舞女孩的目光，那一瞬间，他眼前闪现女朋友对芭蕾的激情和热爱、女朋友未竟的芭蕾梦想、总飞行师未竟的飞行梦想、自己未竟的探寻天空的梦想……这些梦想太有力量了，像信念一样支撑人们熬过考验，经受住磨砺。站在聚光灯下，只为灿烂的自己燃烧时的绚烂和喜悦，即便黯然，在看到梦想像蝴蝶在另一个他身上飞舞时，也看到了通往化茧成蝶时奔赴梦想一往无前的自己。

客舱内弥散着难以掩饰的血腥味。老首长和王闻飞看到从担架上抬出的一位又一位伤者，心情十分沉重。看到最后走下来的执飞机长，老首长先向他行了个军礼，接着拥抱了他，拍了拍他的后背。

离开机场后，M城飞行员给女朋友打了个电话，对她说：有你真好。

25

芭蕾舞者

地震中截肢的芭蕾舞者喜欢守时。她早早穿上了可以露出锁骨的一字肩墨绿色丝绸裙，这条裙子既符合她的年龄，又符合她的气质，加上她要去见过去一直暗中资助她跳舞的人，她想显得成熟干练又不失活泼。

沿着脸部形状，她戴了一个发箍，发箍的顶部有一只天鹅。她对此有一点顾虑，毕竟相比十年前、十五年前，或者更早，她现在的年龄有点超越了戴天鹅饰品的小女生。但是，她又想，这么戴上，是她少女心的表现，也是一种情结。

这款发箍是资助她的人托住家太太转送给她的，她一直留存着。他在挑选这个发箍时，想必是用了心思的，不远千里送给了她。

芭蕾舞者对着镜子正了正发箍，脸颊上的两块红色渐渐淡了下去，涂上粉底后更加看不出来了。她想好了答案，当有人问她为什么戴发箍时，她会说，因为喜欢发箍，这款发箍是她一生中非常在意的人送的，她永远记得他的好。今天要来见他，想让他看看她戴上这款发箍时，是不是他当初设想的样子。

芭蕾舞者坐在沙发上，理了理假肢上的长筒袜，把它的位置拉得更高一些，拉到自己的残腿以上。当有人问起时，她拉起裙子后，残腿可以遮盖得更好一些。如果他们想看她的残腿，她可以将它褪下去一点。她不介意人们的好奇心，那双残腿对她并不意味着摧毁，相反是更加坚强和活出自我的转折。

她基本准备妥当，目光从镜子后面的窗户飘了出去。在河边花园的聚会赶上好天气，阳光明媚，天空通透，树上还未褪去春的绿意。她见到一个小女孩在屋后花园里一个劲地给她的花坛浇水，微微笑了一笑。

她拿上了出门惯带的天蓝色小包，下了楼。

M城飞行员的女朋友，现在是他太太，坐在窗前的写字台边，忙着整理她的教学计划。新一期的芭蕾舞培训课要开始招生，一到这个时候，她就比较忙，但她已经准备好出门了。

“你不准备带上那个黄色的披风吗？”芭蕾舞者对她说。午餐时，芭蕾舞者一直盯着M城飞行员的太太，在想她晚上去赴约时穿什么衣服，是带点礼服性质的连衣裙，还是领奖时喜欢穿的粉红色套装。M城飞行员的太太时髦又风情，M城飞行员特别喜欢这一点，无论她穿什么，他总觉得她是最好看的，这么多年来一直如此。

“我俩的搭配，看起来要像一家人。”太太对M城飞行员说。她已经很多很多年没有见过王闻飞了。

M城飞行员对此没有异议。他穿着飞行员的制服。

太太把清单放到一边，她拿起一封信，有点忧伤地读起来。信中提到，她之前在滨城思南路的芭蕾舞蹈学校所在的小楼要拆了改建。一想到在那个学校和M城飞行员的爱情，以及他们与芭蕾舞者的情谊，她就有点怅然若失和不舍，那是她过去生活的全部。

遮阳的帘子让房间显得有点幽暗。芭蕾舞者摸了摸她的假肢，回想起地震后在她截肢昏迷刚醒过来时，恍若看到那个把飞机第一次开进童话沟的叔叔，他在窗外往病床上看。看来他来很久了，打了个哈欠，有点累的样子，但没多久就消失了。

那几天，另一个男人不时过来看她，给她带来了不同的玩偶，让她觉得自己一直处于少女时代。截肢之后，她被送回滨城住家的太太家，那时，还是M城飞行员女朋友的她过来看芭蕾舞者。几天后，是芭蕾舞者去纽约参加比赛的日子。M城飞行员的女朋友鼓励她重新跳起来，不要放弃。

手术后三个月，她便开始在床上练习。一年后，在同样的比赛日子，她终于站在了那个耀眼的舞台上。

入场时，M城飞行员的女朋友——她的舞蹈老师，让她全速奔跑，接着突然停住，音乐依然在场子里流转。接下来，是用戏剧性的动作展现地震中的黑暗、恐惧和死神的召唤。一丝光透进了黑暗，她转身看到了镜子，镜子里的她神采奕奕，姿态优美。瞬间，她像被一种强大的精神力量支撑着，从废墟中站了起来，摔倒，站起来，再摔倒，再站起来，奔跑，她用肢体完成了芭蕾的动作。尽管立稳足尖的芭蕾永远离开了她，但在那场比赛的特别表演环节，她赢得了前所未有的掌声。

没人想象得到，她能用她的手臂和她的残腿如此舞动，呈现内心对舞蹈的渴望。她振翅飞舞，昂首阔步，超凡脱俗的流动性和戏剧性深深打动了观众的心。

掌声雷动时，M城飞行员的女朋友的泪水奔涌而出。她见证了一个来自童话沟的小姑娘，一步步走上了专业芭蕾舞者的征程。那就是她，就是小卓玛。

小卓玛也不禁回想起过去：一天，奶奶告诉她，有人愿意资助她学芭蕾舞。滨城的芭蕾舞表演艺术氛围好，便给她找好了滨城的学校。就这样，十二岁的小卓玛交上了好运，第一次告别她的花草乐园、阳光雪域，走向梦幻而未知的滨城……

此时，M城飞行员望着临时的茶几，上面有小卓玛中午去买回来的花，花的旁边是他太太和芭蕾舞学员的照片。M城飞行员拿起照片仔细端详，发现照片里没有小卓玛。他有点奇怪，当初太太为了小卓玛的比赛，在滨城多待了很长时间，才来到熊猫城和他团聚，太太一直很喜欢小卓玛。

“小卓玛怎么不在照片中呢？”M城飞行员问。

太太把她和小卓玛的合影收了起来。照片中的小卓玛刚戴假肢，太太担心勾起小卓玛的回忆。

飞行员的太太记得，第一次见小卓玛时，小卓玛明澈的眼睛给她留下了深刻的印象。她有舞蹈基础，身体条件很适合芭蕾，经过半年练习，小卓玛已经被大家称为“神童”。

小卓玛是被一个上了年龄的太太送过来的，她寄住在这个太太家。小卓玛第一次出现时的穿着，不像能住得起那样地段的学员。

小卓玛的资助人托人为她找住宿的地方，受托的人正好认识这个太太，除了两个帮忙照顾家的帮工，这个太太独居于此，小卓玛正好跟她做个伴。

小卓玛的动作技术和身姿都展现了一个专业芭蕾舞者的天赋。她很快被M城飞行员的女朋友带着跑遍大陆各种赛事，获奖无数，在圈子里小有名气。

真正的辉煌时刻，是后来她入选了纽约那场国际芭蕾舞赛事。如果赢得比赛，她将从此走上国际舞台。这是一个全球公认的重要赛事，也因此，赢得比赛意味着小卓玛更加得到认可。

一切似乎进展得如此顺利。

距那场赛事还有一个星期，小卓玛提出回童话沟看望奶奶，比赛前返回。

然而，不幸的是，在她回到童话沟的次日，她和奶奶一起被地震掩埋在地下，她听到奶奶的声音渐渐微弱，再没有了声息。

直到在医院的病床上醒来，双腿膝盖以下空荡荡的，小卓玛也无法相信短短几天内发生的一切。不过，她的腿的确没有了，只有渗血的伤口和挥之不去的撕裂疼痛……

想到这里，只听见飞行员问太太：“我还是戴上飞行员的帽子吧？”

小卓玛听着飞行员和太太的对话，眼睛的余光又看到了那个浇花坛的小女孩，茶壶般大小的水桶对她来说有点重，她把它从左手倒到右手。

小卓玛的命运似乎也被人从左手倒到右手，调换了位置。

如果没有舞蹈老师的鼓励，小卓玛可能因为孤苦无依而放弃一切。资助她的人没有现身过，物质上她并不匮乏，但绝谈不上富足。戴着假肢站起来的前一天，她收到资助人的信，信中写道：“希望你向世界展现最美的舞姿，像翩翩起舞的天鹅。”

前一天，她从家里出发，到熊猫城来看望她的芭蕾舞老师。这之前，她收到资助人的信息，邀请她一起参加聚会。小卓玛现在已经不需要任何资助，但她还是像过去一样乐于猜测资助人会不会是戴着面具的天使。

先生鼓励她去。先生回美国探亲，几天后回来。他们是在那次纽约国际赛事认识的。那天晚上，小卓玛被一群人围着。有一位先生远远地观察着，人稍微少一些时他走上前来，从面容到眉眼，每一处都带着笑，身材瘦削挺拔。这个美国人问她能否一起喝杯葡萄酒。她用跟正常人有些差别的脚步走在他身旁，他牵着她的手，站在了剧院的酒会处，光彩照人。他是剧院经营者。三个月后，他向她求婚，成为她的先生。

婚礼那天，她想，她的生活被无常打乱得七零八落，又被叫作偶然的东西捡起来，装入一个幸福的篮子，拎着这个篮子的人叫意外。

这是一个很重要的聚会，到场的都是值得尊敬的人。之前说好了王闻飞会去，他专程从美国回来了，他可能会讲讲他退休后去美国短暂居住的见闻。

飞行员太太更关心王闻飞的身体怎么样了。

26

告别飞行

晚上八点，王闻飞在屋子里，似睡非睡。有时，屋子里传出打呼的声音。两个月来，他的睡眠微弱，身体没有完全放松下来休息。对他而言，躺在床上的时间从来没有这么长过。

他的面颊坍塌了下去，肤色显得愈发惨白。睡着刚醒来时，是他感到舒服的时刻，那时肿胀的消化系统还没有完全传递到刚苏醒的意识中来。

这不影响他的脑袋时刻闪现着回忆。回忆像打开的闸门，涌进了无数的过去，毫无规律，却每一处都让他感动，又让他揪心。

此时，不适感渐渐传递到神经末梢，这让他感到压抑。压抑让他产生了幻觉。压抑和幻觉相互纠缠，胸口越来越闷，他不得不长长地吸了一口气，再呼出去，仿佛呼出去便减缓了，然而又再次袭来。这些感受吞噬着他的脂肪、体重和神色，跟他的强壮较劲，相互追赶，像是他驾驶的飞机冲进了浓积云，升腾的气流漩涡追赶着他，浓积云、闪电和雷鸣追赶着他。这些恐惧开始只在他的眼前袭来，接着在黑暗的屋子袭来，似乎为了压垮他。

一次大手术几乎在那几天夺走他的命。他被黑暗中的恐惧吓醒了。

书架上，一盏光线柔和的灯微弱地亮着，这让屋子里那些阴暗的角落渐次在王闻飞的目光中明亮起来，细微的说话声不知从哪里传进来。

那是李飞的声音。李飞问茜茜：“他的精神头儿怎么样啊？”茜茜摇摇头：“别问，他是坚强的人，受不了太多关心的目光，情况不太好。”李飞想，他是什么都可以面对的人，茜茜还是不了解他。

说话声让王闻飞醒来，他听不清说话的声音，他屏住呼吸，让耳膜更接近空气中传导的声波。他听到了几句：“医生怎么判断的？”没有听到回答的声音。

令人恐惧的压抑和幻灭从头顶往下压，他感觉身体在打一场艰难的战役，支撑力愈发薄弱，这是病情在加重。他们在谈论医生的判断。医生的判断是怎样的呢？他们没有说出真相。

他认真地想了一想，如果死亡真的来临，该怎么办？他不相信死亡青睐于他。他用力驱赶那些一再压迫他的恐惧，但疼痛和不适让他感到脆弱。

这脆弱在他少年时出现过，少年时他时常感到饥饿，饥饿让人晕厥。他记得奶奶饿得有气无力时，念叨着把仅有的糙米留给他。他和母亲活下来了。那是父亲用生命和荣耀换来的，周围的人吃不饱，他们吃树叶，吃泥土，饥饿围绕着他们。饥饿是世间最恐怖的，没有什么远胜过饥饿。只要能吃，就能战胜一切。成年后，他用完餐后仍习惯带些食物在身边。疼痛和不适没有饥饿那么让人害怕，即使死亡，也没有饥饿那么让人绝望。

他失手把端着的碗摔到地上，他惊恐地喊起奶奶。他的嗓子勉强喊得出声，却是那么凄楚。

茜茜走了进来，她似乎听到了一些声音，但房间里很安静。王闻飞微弱地睁开眼睛，一丝眼缝中，眼神浑浊，分不清那是病人的眼神，还是病人的眼泪。

王闻飞没有留意到周围发生的一切。他的思路愈发清晰。几秒钟内，他的脑子里闪现了一些片段：口吐鲜血后被紧急送往医院；手术；安稳的几个星期；凶猛的药物不适。他把这些细节联系在一起，想寻找出一些意义。意义是什么？意义是生命在经受着最大的考验。考验是为了什么？为了找出活下去的意义。突然之间，一切如此空虚，离他越来越远，他没有安全感，他放弃安全感，这预示着他可能活不下去了。空虚打破了一切平衡，理智也一起消失了。思考远离，未来是希望。他的未来是什么？没有未来，未来的可能性都没有了，消逝了。每个念头和死亡相撞，没有思想可以重生。

他离开了钟爱的飞行。

他飞了一辈子啊，飞了一辈子啊！从第一次飞上天坐在后座不敢睁开眼看外面的天空开始，他一直飞，一直飞，飞行占据了他的整个生命。他热爱飞行，渴望入党，入党是对飞行技术最好的肯定。入党第一批名单上没有他的名字，他生了一阵子闷气，找到分管的政委。分管的政委说，你年龄太小了，年龄到了就入。这个答案让他有点安慰。毛主席，伟大的毛主席，英明的毛主席，毛主席知道他在默默努力，他觉得，要以党员的先锋模范带头作用要求自己。

病人的手又黄又瘦，用一层皮包着骨头。他非常害怕，可是他喊不出来。他感觉自己像是风中摇曳的蜡烛，随时可能被吹灭，又像在那个极寒冬夜里枯萎的草，雪花把它越压越低，抬不起头，结成冰，封住了它的呼吸，没法活命。塌陷，愈来愈往下沉。几十年前那场没有摧毁他的病，这一次来得更加势不可挡，一切都在往更深的深渊坠落。他的喉头有点渴，喉咙似乎放松了一些，惊恐地找到了一点出路，随即便释放为惊惧的叫声，那叫声立刻又止住了。

病人眼前出现了最后一次飞行那天。他早早地坐在飞机上，一想到这是他最后一次飞行，就特别动情。他想亲吻他的机长位置，他热切地拥抱他的副机长，他的身体里油然升起一种崇高。飞行时，不光自己在飞，飞机上所有人都在，飞机在，才是他飞行的航班的全部意义。他想起自己刚转飞民航时一直持续被教训、教导，考过很多试，做过很多检讨。每一次飞行，每一趟航班，所有准备都要考试，最少五道题，考不过要再考。从考两三次、三四次通过，到一次通过，通过才能执飞。这是他的责任，这关乎相托的生命，即使休假了半个月、一个月，每一天都会念及和想起飞行相关的一切。几分钟前，他刚做了个梦，梦见和机长一起飞，他对机长说，他来飞，他来联络塔台和空管。

当他的最后一次飞行落地时，客舱的广播响起。

“这是机上广播。本次航班的执飞机长是王闻飞。我是本次航班的乘务员。今天是王闻飞机长的最后一次飞行。今天结束后，王闻飞机长就结束他的空中飞行生涯。让我们请他和我们大家见个面。让我们一起祝福他未来的生活平安如意。”

他太意外了。他走出驾驶室，来到客舱。客舱里响起了掌声。空乘人员拿着鲜花，递送到他面前。空乘人员跟他说：“王机长，请你讲两句吧。”

“谢谢大家乘坐我的飞机。我很高兴，把大家平安带到了你们想要到达的目的地。请你们继续支持熊猫航空。”

说到最后几个字时，王闻飞哽咽了。多少次，他把那么多素不相识的人从一个城市带到另一个城市。从今往后，他将汇入人流，成为一名乘客，搭乘学员们飞的航班，去往他想去的地方。

他想去哪里呢？

他并不想提前离开热爱的飞行事业，但老首长对此一无所知。他不愿意为这样的小事情跟老首长念叨了，潜意识里，他觉得迟早有这天，但这一天到来时，他是如此被动和不情愿，跟他想象的完全不一样。

李英杰吩咐人暗中安排王闻飞离开。终于，他报复了王闻飞，这个藏在他心里已久的报复计划，随着他坐上了更高的职位，赢得了老首长空前的信任和授权，他暗中做好了局，只等王闻飞入局离开。

王闻飞掀开被子，想走下床，往外面走，向黑夜走去，躲开那些恐惧的幽暗，他要离家出走。

在灯光透亮的房间，房门打开着，忽然，他看到了茜茜。接着，他看到了李飞。病人没有显示任何诧异的样子，他停了一会儿，对李飞说："你来了啊。"李飞点点头。

可是，病人看起来很兴奋，脸上开始泛红，他念叨着："我不飞了，不飞了。不飞好久了。"兴许是有点累了，他停止了念叨，嘴角微微咧开，面容聚集起奇怪的神情，像孩子哭了一般。他摇头晃脑，倒在了床上，哭了起来，断断续续地。最后，他停止了哭泣，睡着了。

病痛和不适暂时远离了他。

他看到了林一丹。她坐在他的膝盖上，背对着他。他从背后亲吻了她的头发。她的头发有紫罗兰的味道，淡淡的香气。林一丹有点颤抖，转过了身。她用嘴唇去寻找他的嘴唇，慌乱而迷离。他比她有经验，但此刻，他很紧张。忽然，他觉得遇到她是命中注定。她就像顺流而下篮子里的婴儿，被他在河边捡到。

一个婴儿，为什么是婴儿呢？他在河边，河里真的有个篮子。篮子里有个婴儿。婴儿看不清脸，像睡着了，像没有脸，消失了。河水，婴儿，脸，全都消失了，一片白茫茫的光。

婴儿是男孩还是女孩呢？他很着急，他想知道，记忆却消失了。他刚才看见了什么？什么？什么？什么都想不起来了。

他睁开了眼。他用异样的眼神盯着屋子里黑暗的角落，围在他四周的黑暗不断加深。他在寂静中呼喊："孩子，那个孩子呢？他是我的孩子！"

没人知道幽暗的王闻飞房间里发生了什么，他孤独地流着眼泪。他意识到，他真的是一个人，一个病人，陷入了幻觉。

27 百宝箱

护工将窗户轻轻推开一个缝隙。寂静被这动作打破，王闻飞看到一只年轻的手，柔韧有力。

“你往里面走，一直向前走。”护工的声音传到了他的耳朵。

前厅和住院部由一条幽深的走道连接起来。几个目光呆滞的人坐在一间屋子的床沿，麻木失神地望着脚下。他们像在演哑剧，只负责输出表情。

空荡荡的走道上只有王闻飞。太阳穿过了大半的走道，照耀着。最里面一间屋子寂寥无声，阴影中轻风撩动着空气，清凉悠远。

看起来，她睡着了。

他每天都来看她。大部分这个时间，她都睡着了，她的认知越来越模糊，有时看他一眼，内里却空无一物。

她就像极度缺乏关爱的小猫，总想引起人的注意。然而，此刻他仿佛再次看到她突变的面部表情，脸扭成一团，那是她最难看的样子。他第一次见到她时，她并不这样。他在想，是他把她变成这样，还是她的渴求把她变成这样。他们像两条平行线，谁也不曾真正走进对方的内心深处，一晃就过了几十年。

她越来越不清醒。她的百宝箱，她都不认得了。

百宝箱里塞满了东西：积蓄、票据、药丸、信件、传单、医疗单、针线包、扣子、胶布、旧钥匙、相册、过期的香水……他从来不知道她用过香水。打开百宝箱，香味一直弥漫在她的房间，跟药剂科同事在一起时，她用过香水。

从过去到现在，这个百宝箱对王闻飞来说，就像一个神秘的宝盒，里面什么都有，岁月流逝后，这个杂物箱一样的百宝箱最近才渐渐在他的眼前揭开神秘面纱，那是另一个世界里他不太了解的茜茜。

一阵脚步声传来。他抬起了头。护工推开门走了进来，他站起来。走道上，一个住院的男人探出头来往外看。

王闻飞预感茜茜的情况越来越不好，她迷糊到什么也不认得了。上午出发前，他突然想到，茜茜会不会快死了？

“你肯定无法想象，她进医院后，前后变化有多大。她刚进来时，总是欺负病人。她完全只想到她自己，她吃什么也不能有人跟她抢，即使那是别人的。她抱怨任何事情，她说床不够软，被子不是新的，她总觉得别人会害自己。有一次，她还说隔壁的病人拿走了她的东西。”

护工看了看失智的病人。接着说。

“一周前，她几乎不说话了。现在什么也不说，有时睁开眼，就那么望着。不然就起来，呆坐着。她好像已经不思考了。也可能活在自己的世界里。”

护工想看看王闻飞的反应。他没有任何反应。

茜茜醒来了，她缓缓地坐起来。

王闻飞示意护工先出去。茜茜没有留意周围的一切，她打开了床头的百宝箱，突然对着王闻飞说：“你以后看不到我了，我快死了。”

王闻飞大吃一惊，看着她。

茜茜很生气，她大声说道：“我不想活了！”

停顿了一会儿，茜茜接着很生气地说：“这是你最后一次见到我了。”她一边说话，一边在百宝箱里翻找，翻找到了儿子满月时的照片。她的神情看起来不像认得照片中的是谁，但就那么捏着照片。

在王闻飞重病手术后昏迷中，茜茜听到他喃喃地呼唤着林一丹的名字，便彻底像换了一个人。她像做了什么亏心事，觉得她不该分开王闻飞和林一丹。她没有想到，林一丹和他分开后，他的全部世界只有飞行，而在他的飞行被终止后，他就彻底失去了精神支柱。

她弄不清楚她得到了什么，失去了什么，得到了不想要的，失去了最重要的。她感到从未有过的孤单。

那时，她回顾了自己走马观花般的人生。

她想了许多可能性：如果没有认识王闻飞，后来会怎么样？如果跟药剂科同事在一起，她会不会更幸福？或者，跟药剂科同事分开后，跟之后短暂在一起的他们中任何人在一起，生活会不会变得不一样？如果她不是年轻气盛，一意孤行得到自己一定要得到的，王闻飞和霞姐在一起，他们会走过怎样的人生路？如果自己的母亲没有告诉王闻飞母亲他生病的消息，王闻飞的母亲不会因难过而口吐鲜血，之后不久离世，她和王闻飞的感情会更好吗，还是像现在一样，像待在同一屋檐下的陌路人，连伴侣也算不上？

他们没有交恶，没有厌恶，但他们不喜欢彼此。难道这是长时间婚姻关系的必然之路吗？那么婚姻存在的价值和意义又是什么？

林一丹并不是他们婚姻和感情的对手，她和王闻飞自己才是。当然，还有时间和空间，还有他们所生活的时代。

当听到林一丹怀孕的消息时，她整个人像失魂一般，想到的是占有和夺取。王闻飞是她的私有财产，没有人可以从她这里夺走他，除非她愿意拱手相送。可是，她为什么要拱手相送啊？

王闻飞起身，整理了一下枕头，让茜茜背挨着枕头，靠在墙上。这样她会不会舒服一点？几年前，手术后，他浑浑噩噩地睡了三个月，奇迹般地恢复得很好。之后，他一直服药，保持病情稳定，可是如果他站在陌生人面前，没人相信他是需要一直服药的病人。

茜茜涣散的眼神闯进了他的心里，她瘦削的脸颊和浮肿的眼睛显示一种明显的病态。他心想，这个上了年纪的女人每天都承受着一种精神上的巨大折磨，生命看起来荒诞无比，一点也不美好，她在和乐观的世界较劲与争辩，而过去的她却是在这种乐观与自信中自鸣得意的。一切都像个笑话。

在滨城的医院病床上看到那年轻瘦弱的脸庞时，茜茜第一次觉得林一丹像隔壁家谁的女儿一般。她没有过多停留，板着脸孔对林一丹说："年轻时有人跟我抢过王闻飞，但没人做到。他并不爱你，就像不爱那些在他身边短暂停留的女人一样，怀孕也没有用。如果你还听不明白，那么我想告诉你，不要自我作践！我已经鄙视你，不要让他再鄙视你，被一个自己爱的人鄙视，是这世界上最痛苦的事情。"

林一丹看到茜茜时，一脸错愕，她想起了那个风雨交加的夜晚在咖啡馆和清吧见到的那个女人，那个女人把照片甩在了她脸上。这张面孔和那天晚上那张面孔是同一张，她们是同一个人。前一位冷漠，眼前这位丑恶。

她甚至没有来得及回话，已经被这番话吓得哆嗦。

老谋深算的茜茜看到这样的林一丹，连再威胁恐吓的兴趣也没有了，她觉得多余，便转身离开。离开前，她朝着望着她的林一丹的方向吐了一口唾沫，那么镇定而凶狠。茜茜的鼻子、眼睛和整个面孔都充满了鄙视和恶意，连空气中都是鄙视的气息，让嗅到这种气息的人不自觉地自惭形秽。她对林一丹发出彻头彻尾的鄙视核弹，从精神上给了对方彻底的打击和摧毁。

讽刺的是，病榻前的王闻飞无意识地呼喊林一丹的名字，她起初没有听清，等她竖着耳朵听明白时，她感受到了那天下午林一丹承受的那种打击和摧毁。

眼下，茜茜已意识混乱。那些都不重要了，连回忆儿子也不重要了。她手里握着儿子满月时的照片，可是已经不知道儿子意味着什么。在她自己的世界里，儿子是个什么含义，没人可以揣摩；在现实世界里，她已经永远无法向他人表达和传递这个了。她失去了对现实世界理解的能力，她对现实世界关上了大门，现实世界也把她关在了门外。

这是王闻飞最后一次看到茜茜。在王闻飞从大病折磨中站起来后两年，茜茜永远地离开了。离世前，有那么一会儿，茜茜像是进入了一种深邃的思考，她看到了过去那些陈旧的屋子、机场的藩篱、男人欺骗的眼神、儿子的隔阂、无望的孤独、人与人之间的不信任和猜忌、活在内心之外的躯壳。

王闻飞此刻的到来，是悲伤的。在这走向中午的时光里，他像是来送她一程，将他们之间生命的连接割断。他们在绝望又带着勇气的目光里寻找着眼神的回应，可是他们什么也没有找到。可悲的是，不管在哪里，无数张悲伤面孔都展现着相似的失望与灰心。她曾经在王闻飞飞完一个完整飞行日回到家后，看到过英雄主义的光芒。有时，她又觉得这英雄主义来得有些盲目，跟大多数向生命妥协与背弃一样，有一种无意识，又有一种臣服与自暴自弃。他们终归没有感受到发自内心的自由。

茜茜离世后，王闻飞回到了家。他像参观别人家一样，在这个房间看看，那个房间逛逛，这里摸摸，那里翻翻，用新奇的目光推开门，看着它们，重新认识它们。

他走到书房，突然想起被劫持到M城返回熊猫城的那个晚上，在那个50平方米的三居室门口，那像同志一样伸出和他握手的手。

那个在灯下的茜茜，头发被绑得高高的，另一手拿着桌布，有点颤抖和哆嗦。她的眼睛像受了惊吓，瞪得大大的。这符合他对她的记忆，她总是胆小的，听到老鼠的声音，见到蟑螂出没，听到滚滚而来的雷声，即便听到电话铃声突然响起，都会把她吓得够呛。

她常常缩在那件蓝色的风衣式样外套中，交叉着胳膊，恶狠狠地盯着他。他像是她的情敌、仇人、儿子，还有随意支取现金的存折。有时，高兴了，她像小姑娘一般发出清脆的笑声，但大多数时候是粗犷而奔放的，很难想象，这两种笑能同时在一个人身上存在。她的笑点很低，年轻时很喜欢笑，那时的笑是吸引人的，自从王闻飞的母亲和她决裂后，她的笑就恶狠狠的，仿佛母亲在她身体种下了仇恨的种子。

一直在外的王闻飞并不了解她，越来越不了解她。周围的人知道她儿子的父亲在部队，但一年到头也见不了多少次。大家都叫她茜茜，就像叫一种职业，那种职业像是秘书、助理。在王闻飞回到民航前的十多年里，她像符号般地在王闻飞的生活里存在，也在她自己的生活里存在，这个符号对两个生命都不太有现实意义。她看起来是家庭的支柱，但她什么也撑不起来。她依附于不同的男人，得到情感上和心理上的慰藉，平衡物质匮乏生活里的窘迫。在那些日子里，她戴着面具生活，自私自利地索取。她不断攀附于不同的情感寄托，不断失去自我。她的行为没有得到任何回报，除了药剂科同事，没人因为她是男人的女人而对她产生感激之情。她觉得，连儿子她也未曾无私对待过，她一度认为正是儿子的存在，让她失去了男人们的回报。

王闻飞对这样的茜茜一无所知，连想象都没有。他心想，茜茜可能是爱他的。她爱一个人的表达方式过于愚蠢，她掩盖爱和在意。如果茜茜了解此刻王闻飞的所思所想，她可能会说，这样也好。至少在茜茜的百宝箱里，王闻飞看不出来，在寂寞的时刻，她曾经多么爱着一个小他十岁的男人。当然，他永远不会知道，作为那个年代飞行员的妻子，她有多么需要人陪在身边，她又是多么需要陪伴的女人。

他想起了林一丹，林一丹白嫩的脖颈。他下意识地摸了摸胸前的吊坠，他感觉到吊坠的温度，那是林一丹送给他的。他脑海中不断浮现她雪白的肌肤、黑色的头发、青春的面庞以及清澈的眼神。

28

伤害

林一丹刚刚做了一个决定，她要离开李英杰。

她反思了一下，这真的是在几分钟内就决定的事吗？抑或这是很长时间以来——从和李英杰在一起以来，她的潜意识里就在思考的事情？这是一个坚定的决定。还会不会反悔呢？她把一种渴望人关怀的情感投射到了李英杰身上，直到她逐渐发现李英杰只不过是一种投射，立即变成强烈的、紧迫的、无法抗拒的离开他的内心感受而做的决定吗？

导火索是李英杰扔掉地震中伤员的担架一角吗？她忙到没有时间细想。但如果她细想，她不免能想得到，自此以后，她对他怀着一种抗拒，叮嘱她的父母家人和朋友不要帮李英杰说话，免得他们成为他的说客，向她提出约会，请求她的原谅。她心中藏着那个自己知道的秘密，那是一种不可逆的下意识的决裂的愿望。

她不得不承认，地震后发生的一切，虽然起不了作用，但这场灾难对生命的意义和对个人命运的冲击，还有爱、冷漠与那么深刻的惨痛有关：跟这个男人在一起，在这个温暖和爱意生长得越来越有力量的当下，已经不适合了。

无论如何，她接到的一个电话促使她做出了决裂的决定。她面对着一个女人。这个女人被李英杰用伪装的正直面孔和无法兑现的谎言欺骗。而在不知不觉中，她成为参与者，她一直认为自己是值得被尊敬与关爱的。之前她一直不知道这样一个女人的存在，这个女人像一个倾诉者一般，用信任的方式和朋友的语气跟自己说话，她没有察觉到，她是造成这个女人命运转变的一环，她感到羞愧。她对自己说，不该是这样，这不是她想要的生活，这样的生活不美好。她追求常人般家庭生活的温暖关爱，却轻易地牺牲了别人的幸福和命运。正是因为她的无知迟钝和后知后觉，这世界才多了精神痛苦和谎言，还有人与人之间的冷漠与不义。

她用不可挽回的口吻对自己说："李英杰和我，结束了，over。"这句话从她的意识里生长起来后，像一种力量，从此以后，所有一切都被奇迹般地隐藏在黑暗中，在她准备遗忘的细胞里，是的，就像什么都没有发生过。

林一丹面对的那个女人是李英杰老乡，一直是他的情人。她握着林一丹的手，一个劲地流眼泪。

"他上次来见我那天，我儿子发高烧，在医院。我让保姆去照顾他。我犹豫着照顾儿子，还是和他在一起。我想，有保姆在，等他走了，我再去看儿子。"

女人赶到医院后，儿子的高烧引发了并发症。她在医院守了一夜，凌晨四五点钟，儿子没了。

那也是李英杰的儿子。两年前，女人和他提过，如果她怀孕了怎么办。李英杰没有回答他。她不敢把怀孕的消息告诉他。她年龄很大了，如果不生下来，她可能再也不会有孩子。她一个人，长年跟李英杰保持情人关系，除了他，她再也没有亲人了。

林一丹听着她的叙述，已经没有心思去想为什么自己的内心如此混乱。有时，她只能眼睁睁看着生活的悲剧一次又一次把自己卷进去，什么也做不了。她以为她从软弱和善良性格的阴霾中逃脱出来了，此刻，这一切，卷土重来，现实是多么残忍啊！

林一丹决定找李英杰把分开的事情谈一谈。犹豫了一些时间后，她从滨城回了熊猫城。在回到她和李英杰的家之前，她突如其来地想先去那个和她倾诉的李英杰的情人那里一趟。

一位老太太按照林一丹问她的门牌号，把她带上了一个小高层的四楼。在楼梯间就闻到一股潮湿的味道。林一丹敲了敲楼梯上来的第二间屋子的门，那是女人居住的地方。

门没有关，医生刚给她打完针离开。

林一丹推门进了屋。房间里昏暗沉闷，窗帘拉开着，蓝白色相间的布艺窗帘上印着海洋的图案。房间里乱糟糟的，床上杂乱地放着毛巾、纸巾和衣服。这些没有引起她的注意，她留心到了床上躺着的女人。

女人的脑袋下没有枕头，就那么躺在那里。她听到轻微的呼吸声，女人像是睡着了。林一丹有点害怕，像违规闯入禁区一般想离开，她不想打扰女人睡觉。林一丹转过身，迈开腿往左边挪了一下，脚却不小心踩在散落一地的纸巾上。她担心窸窸窣窣的纸巾声把女人吵醒，蹲下身轻轻扯掉纸巾。低头的瞬间，她看到了女人睁大的眼睛、翕动的嘴唇，听到她有些急促的呼吸声。

眼睛对昏暗光线逐渐适应，她对周围一切看得更加清楚了。那是一颗肿胀充血的脑袋，女人的眼珠毫无生气，像是垂死的猫一般。她突然意识到，女人会不会快死了。她突然造访看到的景象吓到了她。床上躺着的女人和那个来滨城见她的女人判若两人。她震惊万分，准备呼救。

女人似乎察觉到了什么，她的眼神疲惫惊恐而绝望。近几日来，她已经第三次子宫大出血了，脸色惨白，嘴唇干裂。林一丹以为会看到一个神采飞扬的女人，但眼前这个目光涣散的女人和她腐朽的气息让她内心剧烈翻滚。

她真的是李英杰的情人吗？这么没有血色的皮肤，干枯紧贴着额头的黑发……她从这张面孔中找不到那个握着她的手悲恸地说儿子死了的女人。她想起了那天那个漂亮丰满的女人，向她讲述她和李英杰的情感与遭遇。那时，她兴许是想让林一丹愤怒而离开李英杰，可是女人并不知道，在她见到林一丹之前，林一丹已经做出和李英杰决裂的决定，她的出现不过加深了林一丹对这个女人的愧疚感，也有对眼前的女人被李英杰欺骗的同情，还有对她不自爱的轻蔑。

女人第一次大出血之前和李英杰联系过，他让她自己去医院，或者打医院的急救电话。他听起来一点也不担心，更别说痛苦了。他也没有问她是否需要帮助，或者需要钱。林一丹心想，女人一定经历过很多痛苦。更难以接受但必须承认的事实是，李英杰抛弃了这个可怜的女人。

她对这个女人的情感很复杂。女人一生都活在一种虚幻的期待中，尽管有过辉煌的履历，却仍然是不幸的。毫无疑问，她处处感到不安和苦恼，不断地自我否定和谴责，但又不断地糟践自己，她那可怜的灵魂被一次次鞭挞，在经历的痛苦中升华，但又被爱情卷入无法自拔的深渊，这种罪恶的情感衍生出很多坏事、嫉妒、争夺。她原谅女人，并不是因为她自己是一个多么高尚的人，而更多是理解和同情，但另一方面，她看到女人这个样子，也没有觉得女人有多么不幸，反倒像是咎由自取。她的情感往残酷和尖利的方向而去。

林一丹盯着女人。女人渐渐地能说一会儿话了，气色有了些微好转。

女人对她说，她需要几万块钱，她的房子因为断供已经被拍卖，如今还欠着房租和医药费。女人在熊猫城居住，经济状况并不好。儿子的去世压垮了她。接着再失了业。心情的崩溃并不是最差的，随着心境起伏的身体出现状况才是。女人进入了一种前所未有的困境，她的父亲三年前去世了，她的母亲和大多数亲人在那场大地震中永远离开了，唯一的亲人便是她的幼子。

她需要钱来渡过难关。她一次也没有再提李英杰，好像他们之间没有什么关系，甚至连提他的兴趣和意义都没有，她的脑子里已经没有他们之间的经历，没有他们之间的关系。林一丹依然是李英杰的太太，不过不像当初她第一次听说李英杰娶了林一丹一样，那时她让这个女人感到嫉妒。李英杰的绝情、吝啬和自私深深刺激了她。

“你答应我一件事情，离开李英杰，离开熊猫城，这次病好了就离开。”说着，林一丹递给了女人一些钱。

女人有些困惑：“什么？”

林一丹不愿意改变她的想法，也不愿望放弃这个条件。“不要再联系他。”

女人立即清楚了林一丹的要求，林一丹愿意支持她渡过难关。可是一想到林一丹的要求，她有些生气了。她爱李英杰是她的权利，即便不爱了，做出选择的也该是她，而不是屈从于林一丹的威胁和利诱。

林一丹同情地看着她。这个女人耗尽了青春时光、美好年华，以及健康幸福的权利，想要证明一个不爱她的人会爱上她。林一丹说话的表情非常严肃，每句话都近乎颤抖，每个字都清晰可辨，她对女人说：“过新的生活，回到朴素的生活。”

女人认真地听着，想起了一些往事，林一丹的话引起了她的共鸣。她不由自主地想到：李英杰的前妻如何了，那些爱自己的男人都去哪里了，她离开熊猫城去往哪里……

林一丹心想，她做了一件很了不起的事情，赎回自己过去犯下的错误，尽管错误本身并非由她引起，她也是受害者。她的内心平静，对女人说，不要怨恨发生的一切了。女人点点头。林一丹的眼里蓄满了泪水，她的内心在重新寻找平衡，以通往无愧的永恒。

林一丹和女人在彼此的位置上沉默了一会儿，她们都在犹豫要不要打破这沉默。女人像被什么秘密折磨着，仿佛有话要说，却始终没有说出口。最后，女人并没有把眼睛望向林一丹，兀自说起来："李英杰和前妻离婚时，我以为他会娶我。我和他前妻还发生了剧烈的冲突。"

林一丹没有吭声。她的表情满是悲伤，她是最后一个知道这些荒谬情节的人。在准备离开的前十分钟，女人显得十分不安。她叹了一口气对林一丹说："假如你愿意，他还是个物质条件很好的男人，如今位居高位。"

林一丹的思绪有点乱，没有听到她说的话。女人发现林一丹没有听她说话，不住地哆嗦，手搭在额头上有些颤抖。林一丹把脸转向女人，向她摇了摇手，做了一个再见的动作。

就在此刻，一个新的想法使林一丹迫不及待地想要回到李英杰和她的家。她想严肃地和他谈一谈，她要说出这一切，所有发生的一切。

最后，林一丹打开了门，往楼梯口走去。最好让李英杰意识到，他对这个女人的伤害是摧毁性的。

29 昔日时光

林一丹心慌意乱地在家里度过了一个下午。就算是在她工作和生活最不顺、最难堪的时候，她都没有这么慌乱过。

还好客房的门紧闭着，要不是她太渴了，想到厨房去找点水喝，这个可怜的女人还想继续安慰一下自己。当她在厨房里看到两副餐具时，她本能地闭上了眼睛。

她像个梦游病人一样，把沾满病菌和霉味的衣服换下来，整理了房间。她坐在洒满夕阳的窗户面前的床边，用尽全力控制自己的情绪。她走到书柜，去找一本能让她专注阅读的书。她随便翻到了一本，打开任意一页，努力认真读下去，但这无法阻挡她的思绪飘飞到很远的地方，混杂着滨城弄巷飘挂着迎风招展的衣物、机场里穿梭人群的喧嚣，她情不自禁地沉溺于不成体系的图景，而总是终结于李英杰和那个女人相拥而眠的画面。

她突然听见房间外有动静，脚步声从走廊传进来。她有点软弱，起不了身，她没有勇气走出去一探究竟，她本能地调整一下坐姿，坐直了身子。门打开了，李英杰苍白的脸、突兀的胡茬、凝滞的眼神，以及满身心的憔悴，一起涌了进来。

看到林一丹坐在她经常坐的那张沙发上，穿着一袭白色的连衣裙，大腿上放着一本书，李英杰惊诧不已，像是见到一位多年不见的故交，冲过去拥抱她。他蹲下身子，额头抵着她的额头。

林一丹被李英杰的亲昵吓了一跳。

在刚才的思绪里，她问了自己一些问题。李英杰比她大很多，从和她在一起，他就没有公平对待过她。不管是谁，只要是女人，他表现出来的态度表面上看不出来差别。可是他为什么要娶她呢？

因为她是他的猎物、田野里顺手采摘下的野果，还是为了报复王闻飞呢？又或者，还增加一点因素是，她可以为他的生活增添一些青春的活力和情趣，他缺少这个吗？

大部分时间，他们分别居住在熊猫城和滨城。他们没有孩子。李英杰提过，林一丹没有做好准备，不了了之。他们不在一起吃饭，没有在一起生活，像两个独立的人。这样也有好处，他们在一起时，也没有什么想说的话，没有分享的欲望，也没有相同的兴趣爱好，甚至也没有太多共同的回忆。他们不吵架，没有明显的不愉快。只要李英杰提出什么想法，林一丹都表态支持，对她来说，什么都无所谓。她想不起来在一起的这些年，她有没有向李英杰提过什么要求，似乎没有。

他们的生活只能算过得去。她有时回熊猫城，他有时去滨城。她坐在图书馆看书时偶尔想过，要是有一天，他们住在同一个屋子里，在同一个城市生活，晚上都不用出门时，他们面对的是怎样的彼此。那时，他们成了一对老人，呆坐在沙发上，相对无言。这是她最担心的。

见到那个女人之前，她并不知道李英杰的生活如此忙碌。他往来于熊猫城的两个区域，就像火车上的列车员，两边都有家。

在过去的日子里，大多数时候，李英杰静静地站在床前，一动不动地注视着那个女人黑亮的长发，她对他毫无防备，他对此心知肚明。很可惜的是，那个女人很少能唤起他对她的怜爱和疼惜。他和她在一起时，更像个运动员，接收一个成年女人对他疯狂的激情。他一直在等着结束那一天的到来，每每总是延长等待的期限。他对那种心悸的感觉还没有完全失去兴致，他想尽量把这种欢喜延长，他很少去想他的行为会对那个女人带去什么，他从来没有考虑过女人的青春和他有什么必然关联。在那样的日子里，无论是林一丹，还是前妻，都没有谁能够把他从那个女人的世界带离。

他像个孩子般把自己埋进女人的黑色长发里，将她柔软而又有弹性的身体搂在怀里，把自己紧紧地贴在她的身上。每当这个时刻，他的欲望将被促发，越来越强烈，连笑容都变成凝固的空气和水。

夜里到女人那里太晚，她躺下时，他便尽量调整呼吸节奏，轻轻地掀起被单，像只溜滑的鱼一般，滑进她的被窝。她压抑短促又急切的喊叫声，转身抱着李英杰，投入他的怀抱。

有时候他们聊天。女人把她在生活工作中的事，事无巨细地说给他听，他对她发自内心地鄙视。她拥有的生活、生意中赚的钱，都是通过各种手段盘算而来的。为了一个生意上的事情，女人甚至骗过一个求医人的救命钱，这是李英杰从传闻里听说的，他却记住了。但这没有让她的生活变得富有，而大多数时候仍然在普通阶层挣扎，她远没有过上平静和幸福的生活。

他时常觉得女人爱着他，甚至比他想象和期望的还要深。她做饭给他吃、端汤给他喝时，满眼的怜爱，而她自己，像个孩子般低着眼睛。当他凝视女人时，他下意识地将女人对自己深沉的爱和自己对她的情绪相比较。有一天，他想到，他要终结运动员的身份，他便再也不见她了。

他终归是个狠心绝情和不相信任何人的人。过去的生活让他更坚定自己的信念，与其说是坚定了他的信念，不如说是让他成为那样的他。

他记得父亲对他讲过一件事，那时父亲被下放到农场，给病人开过方子的优势让他在吃尽苦头的生活里有了一个单独的房间。一天下午，农场的一位军代表把一个全身是血的中年男人拖到这个房间，什么也没有说就走了。这个人到他的房间时已经断气，没有任何治疗的必要。

一整夜，被打死的陌生人躺在地上，父亲坐在凳子上，什么也不敢说，连大气都不敢出。没人敢相信，没人可以诉说，只有无尽的黑夜和震慑人心的害怕和战栗。一旦他说了什么，叫了什么，那个死人就是他的样子。父亲直到去世前，那个死不瞑目的人睁着的眼都像梦魇般在他眼前缠绕，引发他心脏一阵又一阵悸动。临死时，他断断续续地把这个纠缠他一生的恐怖画面讲了出来，他终于解脱了，不用带着这精神负担离开并不美好的尘世。

父亲的去世加深了母亲的灾难。靠着邻里街坊的接济，他就那么有一顿没一顿地长成半大人。有一次，一个从外地来到熊猫城郊外的年轻人在吃一颗糖，他眼巴巴地望着他蠕动的嘴唇吞了吞口水，想象一下那是什么味道。他没有注意到，母亲看在眼里，只有心酸。不同的男人出现，打完母亲泄气后离开。有一天，有个邻居小朋友吆喝着，他母亲是现行反革命的未亡人，他冲上前去，把他摁倒在地，打得头破血流。

参军改变了他的命运，自卑到极点的心理却永远伤害了他。他觉得谁也瞧不起他，尤其是女人。出人头地的想法像熊熊燃烧的火焰炙烤着他。他可以放下一切自尊，只为接近他想得到的女人。他把一切隐藏在敦厚的外表下，从不轻易拨开示人。女人就是他的棋子。在得到老板女儿前，他已经经历许多历练，从未失过手。他对女人有精确的洞悉，在心里默默为她们分好了类、贴好了标签：缺爱又善良的；有钱势利虚荣的；无知无畏不了世事长不大的；奸狡心狠毒辣的。行动之前，他已根据自己的需要和这些标签与类别拟订了进攻路线和策略，精力充沛，阴狠算计。

刚入熊猫航空的李英杰逢迎和讨好得不动声色，很快给王闻飞留下了一个不坏的印象。人性的弱点正是这样，只要顺着他意的人，总能更先赢得他的关注。一个偶然的机会，李英杰去给王闻飞送文件，当天恰逢王闻飞和战友一次私下聚会。文件的紧急性并不高，却显示出李英杰对王闻飞安排工作的重视。

那个聚会在一个酒店里。王闻飞从酒店房间出来，走进茶室时，发现酒店客人都已就座。就像一幕剧，人们在各自位置上扮演着自己的角色。一个年轻女人独自坐着；一个红脸的老人家，发量稀少，像是经历过严重的风霜洗礼，显得苍老，但又透露着刚劲，正剥着花生。除此之外，屋子里靠窗位置坐着的四个人，他们更容易吸引陌生人的目光。四个人中，一个是中年先生，偏老气，还有一位女士，年龄看起来不轻，可能是他的太太，还有一位年轻女士，目测是他们的女儿。

王闻飞朝三人旁边的空位走去。空位旁边是一位与他年龄相仿的女士，应该是他太太，目光随着他的落座而移动。

三人中，中年先生的太太穿了一套颜色暗沉的套装，样式和军装有点像，戴着一块表，看起来非同小可。那块表看起来很时兴，在一个很难买到名表的年代，显现了它的精贵。一个穿着样式乏善可陈的人戴着那样一块表，让人觉得搭配得不着调，但又不得不说，隐隐透露一些哀伤。他想，佩戴这样的表的人怎么是这样的中年女人？看到这块表，想起的应该是前凸后翘的旗袍裙，包裹圆润身形和精致妆容。

李英杰走进茶室时，中年女人旁边的年轻女人背对着他，身形并不纤细，亦不圆润，倒是非常普通，但毫无疑问很年轻。黑色的头发很密，从头顶编了两条辫子延伸到齐颈脖处。穿了一套灰色的衣服，看不出特点来。他们三人在低声说着什么。没过多久，年轻女人转过头来，露出了她的侧脸。

这张脸给人的印象，用富态形容实在不足为过。脸盘圆圆的，一眼看去，可以看出跟戴表的中年女士有血亲关系。这张圆脸上的鼻梁有点塌，眼睛透亮，一开一合，有不太多见的单眼皮。皮肤算不上紧实，却给人一种健硕的美感。

李英杰径直朝王闻飞走过去，王闻飞看见了他，请他在对面的木凳坐下。从王闻飞口中，李英杰知道那个中年男人是一家公司的老板，旁边的年轻女士是他的女儿，还没有对象。此刻的李英杰看起来朴实，憨态可掬，年轻而踏实，让人放下警惕的是他身上洋溢着一种无关紧要的随性和开朗。他明显出身穷苦人家，但整个人比较干净而不失体面，说他的职业是小学老师和乡村老干部，也是可以被相信的。

王闻飞向公司老板夫妇介绍李英杰时，并不知道在短短三年间，他已经谈过五位姑娘，最长的不超过八个月。

年轻女人兀自说了一句：“阳光不错。”李英杰接了一句：“每一缕阳光都值得珍惜。”这句莫名奇妙的话，在两对年龄相去甚远的公司老板夫妇和王闻飞夫妇耳旁只停留了小会儿，却搅动了年轻女子的芳心。

离开前，李英杰把他那顶破兮兮的帽子摘下来致意，从容地走了。

公司老板夫妇的家在离酒店不远的地方。他们习惯傍晚在住处外沿散步，老板和太太走在前面，女儿走在稍后。认识的同事碰到他们总爱礼貌地打个招呼，他们大多时候点个头回应，脸上没有表情，也不会露出笑容，这让这一家人像是从故事中走出来的人物。他们像是孤独住在那里的异类，过着自己的生活，不刻意，却慎独慎往，属于一个过去消散的时代，又像是住在饥饿和闭塞年代没有走出来的人群。在他们的世界里，过去像停滞了一般，这让他们的怪异超出人们理解的范畴。

这天，王闻飞去拜访他们时带着一些文学作品，有萧红和鲁迅写的作品，也有《钢铁是怎样炼成的》《战争与和平》这样的外国文学作品。公司老板夫妇聊天提到女儿时，建议她读读萧红的《呼兰河传》《生死场》《小城三月》等作品。

“你们说，等我二十岁时，给我自由和决定怎样生活的权利。”

“乖女儿，自由和决定权不等于没有限制。”公司老板微笑着回应，口吻中带着不容争辩的一家之主的风格。

这是一种典型的保守家庭的老派作风。他们认为萧红的生活经历是女性的一面镜子，也是她遭遇坎坷人生的根本之因。这种老派作风，像是裹脚时代的老太太看到一双大脚掌摆在眼前时的羞辱和不屑。

从公司老板家离开时，老板女儿主动要求送王闻飞走一段。即使和王闻飞这样年长不少的人，这位看起来腼腆的姑娘也不能独自相处。她脸颊泛红，像怀着不可告人的心事。奇怪的是，他们刚走出不远就碰到李英杰。李英杰和王闻飞打了个招呼，继续往前走，不可思议的是，他往老板女儿返回时将去往的方向走，脚步似乎有意放慢了一些。出于好奇，王闻飞想掉过头去跟上他，但很快放弃了这个念头，他不太相信李英杰会打扰一位如此慎行孤往的女士。

30

逃离

同一天傍晚，王闻飞返回老战友家，取走遗忘的家门钥匙时又碰到了李英杰。李英杰远远走过来，走走停停。长长的城郊路上有些风，他像空中飘飞的树叶般盘旋着，忽上忽下。这回李英杰很干脆，主动和王闻飞打了招呼，他们似乎都领会了对方的意图，默契地找了个大石头坐下。

“第二次在这里碰到，太巧了。如果你不介意，我想和你聊聊。”

王闻飞点点头。

大石头像是天然石凳，很多人坐过使得它平坦的位置看起来亮亮的。李英杰调整了个舒服的姿势，坐直了身子，双脚支撑，双手撑在膝盖上。王闻飞则更随意一些，一条腿跷在另一条腿上，坐姿板直。

王闻飞递了一支烟给李英杰，李英杰接下点燃。顿时，两个人相隔的空间里烟味随风飘散。

“人生有很多乐趣。越长大越能体会，有些滋味绵长久远。”

“你这么年轻能感受到这么多满足，真是一件宽慰的事情。”

王闻飞抬眼仔细观察了一下眼前这个年轻人，他看起来虚弱、瘦小，却透露着一股精干。

“你很喜欢文学作品。我很喜欢艺术，我喜欢舞蹈和舞台表现形式。文学和艺术不分家，说来我们拥有相同的品味。”

说完后，他沉默了。黑色正一点点浸染天空，夜晚正悄悄地从远方一层层奔涌而来。

“能在艺术世界里徜徉真是妙不可言。我一直觉得自己在舞蹈艺术上有些天赋，也看过一些作品和书籍，但没有坚持下去。我太矮了，身体柔韧度不够，还有一些原因。要是能够放弃一切追求，我也能在艺术上有所成就。”

“每个人生来就会唱歌和跳舞。”王闻飞接了一句。

“我说的可不是简单的跳舞，是芭蕾这样的艺术。”

“它的确是舞蹈艺术中一种唯美的表现形式。”

李英杰仔细地审视王闻飞一番，似乎在权衡要不要做出一个什么重大的决定。

王闻飞怎么也猜不出李英杰欲言又止的是怎样一种驱动力。

“有两个姑娘喜欢我对舞蹈特别是芭蕾艺术的见解，多次要求我和她们见面，给她们讲解。”李英杰说。

好了，在老战友家附近天色渐暗的傍晚，李英杰告诉王闻飞他深得女孩子崇拜和喜爱，王闻飞实在不知道该如何作答。他一时语塞。

李英杰把手伸向衣服贴近胸口的内袋，掏出一叠折叠起来但已翻得破破烂烂的笔记本大小的纸张。

“这是她们写给我的信，你看。”

这些信的内容透露着一种发自内心的喜爱和欢愉。王闻飞有种感觉，李英杰给他看这些信，是让他明白，他是依靠魅力和吸引力征服她们的。

“下次见面我就会拒绝她们。”

这的确是他的真实想法，但并不是拒绝全部，而是那两个在他目的上没有标签的姑娘。等他诱使她们把全部积蓄和心都掏给他后，他有办法让她们既对他恋恋不舍，又不怪罪于他，而只是理解他情非得已，事出有因，还会逢人都说他对她们好。

这都是些身份体面的姑娘，王闻飞当然是不知道的。在过去的经验里，有一位医生的女儿说，如果李英杰愿意回来，继续和她交往，只要他一句话，她会一直等着他。有一位继承开服装社老板娘遗产的姑娘，钱都给了他，被骗得身无分文，却无怨无悔，让人不禁怜悯她因爱致穷的故事。

王闻飞认为，李英杰是出于男人的虚荣而炫耀，他的世界里没有出现过这么无耻而残忍的人。旁人更好奇的是，一个其貌不扬的人如何做到对不同女人都得手的。

他的法宝是说“我爱你”。不过这是在他花了几星期讨好一个姑娘后才决定使用的法宝。在这个阶段之前，没有任何进展也是经常之事。李英杰有时也会分析突破这个阶段后他得手率奇高的原因，他想到的并不是那么显而易见的事。一个姑娘迷上一个男性，不一定愿意嫁给他，外表在这之后变成次要因素。只要他和一个女子聊上一刻钟，再帅的男性在他面前就也不是对手。她们需要的是心安，如果加上关心就更好，搭配“我爱你”这个法宝的玄机是李英杰让姑娘感到心安，心安让她们体会到幸福。他对于自己成功扮演伴侣、准伴侣的体会是用心。讨女人欢心的小事和方法很多，其他男人不愿意去做，他却是熟稔在心，运用起来如呼吸般自然。他在适当环节插入关心，回家和离家不忘亲一下嘴唇和额头，带一些小礼品，如一枝野花、一枚发卡。这样花费不大，又深得人心，即使预算多一些，他也不心疼。这些钱最终是谁出的不重要，过程却很紧要，这代表着心意。这心意就像存在她们情感银行的储蓄，转化成密码后，就可以任他提取。在他的目标标签对象里，他被标上“好伴侣”“好对象”绝没有意外。这些姑娘有些明显的特点，低调、规矩，出身和家庭教育相对更好。

他像运用技巧解决一道道数学题般，解决对待女性情感的题目，甜言蜜语和谎话连篇对他来说是工具，人们不应带着他的观念看待这个问题，认为那是伤天害理的欺骗或毫无顾忌的邪恶。情感关系里，层层包裹的都是不理智的梦呓，没有女人愿意醒来，得到爱对她们来说才是最重要的。她们愿意花钱来换这种浪漫，被爱的人亲吻，搂着腰，体会她的喜怒哀乐，成为她们苦闷生活里的快乐之源，成为阴霾季节里每日照耀的阳光。

王闻飞没有理解李英杰和他的此番谈话意味着什么。可能是他一天内两次在同一个地方碰到后者，后者想做出合理解释。他猜测李英杰要拒绝的一个姑娘住在附近，或者他受邀来“聊上一刻钟”。

不知出于什么原因，可能是李英杰谈论的话题很真诚，王闻飞向李英杰透露了公司老板女儿的故事。公司老板的女儿之前谈过一个对象，是公司的中层干部，还没结婚就被人看到他和公司其他部门的姑娘搞暧昧。老板的女儿不容分说地退掉了婚约。人们私下议论时说，老板的女儿具有高尚的品德，尽管脾气很差，性格孤傲，但为人善良，她督促中层干部娶了暧昧对象，可惜那个中层干部没有娶，和另一合作单位总经理的女儿结了婚。暧昧对象终身未嫁。老板的女儿因此也被耽搁了几年，认识李英杰时正是退掉婚约后的两年。

这次谈话后几个星期，老板的女儿给父母写了一封信，表示她爱上了一位男士，非他不嫁。老板夫妇很奇怪，她是他们的掌上明珠，她为什么不直接和他们商量，而以如此坚定和威胁的口吻通知他们？他们怀疑，女儿和她信中的男士已暗自交往。

王闻飞听说后，似乎明白些什么。他想起，有一天曾两次碰到李英杰，第一次碰到时李英杰走向老板女儿返家要走的方向，第二次则是李英杰离开的方向。

这个道理，老板女儿在跟李英杰离婚后与他的情人大打出手时没有想明白，她一直一厢情愿地沉浸的认知是，李英杰的情人用尽办法夺走他。那个情人也是如此。

多年后，林一丹做出和李英杰分开决定的一个上午，在厨房里看到两套餐具时，尽管接受起来是慌乱的，却是警醒的。她和李英杰的前妻与情人们不同，她并不是李英杰用“我爱你”法宝征服的。李英杰是她情感溺水后自救抓住的救命稻草，等她上岸后，李英杰还是李英杰，但并不是她的心安之归途。

林一丹茫然而被动地接收着李英杰的亲昵举动，她有些反感。面对着这熟悉得不能再熟悉、郑重而又十分刻意的举动，却不知如何反馈，心里明明是抗拒的怒意。她已经逃离他的引诱，长出了清除的意志，像要洗掉洒在衣物上的餐厨污迹一般。

林一丹有些缓慢地把李英杰拉起来。她站了起来，往后退了一步。内心泛起的声音是：就这样分别。

她把这个意思，通过语言准确地传达出来。接着，她望向他，给了他一些思考的时间和空间，然后转身回到客房，将门锁好，躺在沙发上。透过沙发背后的门，看到光影在移动。她拿起一个垫子，挡在脸上，把自己埋在了垫子里。

31

未来

王闻飞请他一个晚辈朋友去机场接我。他想得非常周到，这样我在酒店休息一会儿后，再和他的这个朋友去那非常重要的聚会。

我在酒店里一直惴惴不安。思量着怎么穿搭去这个聚会比较合适。我穿上了带到熊猫城的唯一一对红色高跟鞋。临出门前，我把高跟鞋换成了板鞋。在穿衣镜面前照了照，觉得还是需要一双高跟鞋比较搭，于是我又把板鞋换成高跟鞋，拉上酒店的门，坐上了那个朋友的车。

路上我隐隐担心高跟鞋太打眼，可是我已经没有备选方案。到达聚会的房间前先要上几级台阶，我仔细地盯着台阶，小心地拾级而上，上了两级台阶后，那种隐隐的担忧消失了。我开始想，今晚会见到哪些人呢？接着，我左脚的高跟鞋在台阶直角处被挂了一下，右脚被迫延迟了踏上下一级台阶的节奏，在它们的共同作用下，我没有站稳，脸朝下地往地上摔去。幸好我的右手及时撑在台阶上，没有硬着陆让脸贴在地上。摔跤像见到他们前必经的仪式，摔完后我立马精神起来，像是终于把出门前两小时忐忑不安的额度用完。

走完最后一级台阶，上到一个走廊，这时我听到了房间里传来的嘈杂声，想来人不少。到了房间一看，有六七个人。空军首长穿着一身军装，正气十足。出于腼腆，又是第二次见面，我没有主动上前拥抱他或者和他打招呼，我希望他不会介意。其实那时我希望房间里的人都没有注意到我，在那么多耀眼的人面前，我担心因自己的陌生而成为聚焦的光柱。我眼睛一直往走廊处望，期盼着老首长和王闻飞的到来，这样的话，在这个飞行团友的聚会中，我才显得不突兀——老首长安排王闻飞邀请我参加。

接我来的那个朋友剥橘子给我吃。我盯着走廊里一位位来者。坐着的人讨论时提到了一些人的名字，我没太听清，不过从他们的谈话中大约能了解到，他们都认识那个被提到的人。

我盯着坐在我对面泡工夫茶的手，有点发愣。这一屋子的人都比我年长。我有一种恍然，似乎看到那个泡工夫茶的司令三秘年轻时的样子。他在靠窗的位置打电话，憧憬着他的无限未来，充满力量而自豪。

而在几十年前一个阳光照耀的午后，王闻飞迈步走进空军航校的大礼堂，神采奕奕，活力迸发，不知疲倦，对生活和行动感到幸福。这个年轻人，和今晚我要再次见到的他隔着一段人生，被知识青年下乡的浪潮和从军的召唤推向他的生命轨迹，历经大饥荒、“四清”、“文革”、改革开放、百万大裁军、计划经济到市场经济的转轨，走过从空军航校到民航改革发展至今所有历程，几经变故和生死存亡的考验，在浮世浪潮里，见证和推动了熊猫航空的发展与变革。隔着这一段人生，照见当下疲惫不堪、体力衰退和不能忘记年龄痕迹的他。

我突然有点难受，目光穿过工夫茶中腾来倒去的三秘的手指间缝隙，看到飞行团长王闻飞的过去，现实慢慢地消失。王闻飞、茜茜、林一丹、李英杰、小卓玛、药剂师、李飞、公司老板一家，他们的青春和健康，只能在光阴的三角镜里回望。

房间里人们的目光聚集到一个推门进来的人身上。这个聚会的缘由与他有关。

那天，王闻飞坐在沙发上看书。一条信息的到来让他的心揪得紧紧的。他很想知道刘传健此刻怎么样了：希望他有好运气。

王闻飞身边的美国华人圈子都在谈论一件事情：那个在极寒缺氧的条件下忍受长达4分钟，依靠意志力把飞机安全降落在机场的机长，如今怎么样了。刘传健创造的奇迹是，不可思议地忍受超过人类极限的生存条件，把飞机安全带回了地面。那一刻，王闻飞想起了战友和故交，萌生了组织聚会这一想法。

带教过刘传健的模拟机教员跟他是好朋友。他们在空军航校里当学员时曾一起打篮球。刘传健第一次在空军招飞时报考后临时弃考了，第二次才考上。他出生在那个一直走上坡路的山城。刘传健显得有些沉默寡言。模拟机教员获知这一消息后，给他发了条短信：“兄弟，保重。”

此时刘传健被紧急送往了医院。飞机起飞和降落的过程处于调查中。高空失压的潜在威胁，影响的不仅是身体状况，还有飞行员的心理状况。飞机着陆时，刘传健说：“我们活下来了。”这是最朴实又最能表达他那一刻心境的话。

刘传健在高压氧舱里吸氧。心理咨询师在给他做心理辅导工作，让他在梦游般的几分钟内真正走出来。这些流程结束后，刘传健回了趟老家。

模拟机教员和太太聊起刘传健的事情时，紧紧地拥抱在一起。刘传健是他们身边的人。这么多年的相似经历和职业生涯让他能更好体会刘传健那些无法言说的情绪，短时间内，它像个泡泡一样，不时冒出来。就像王闻飞被劫机到M城回到熊猫城后入睡的那一晚，与后续那些回想和挥之不去的无数夜晚一般。

模拟机教员休年假时去看望了刘传健。两人见面时紧紧拥抱在一起。对他们两人来说，拥抱比流泪的含义更加丰富。男人间更愿意用这种方式表达可意会却无须言传的理解宽慰。

刘传健的眼圈红红的，模拟机教员的眼圈也红红的。如果稍微有一点力量轻轻加在这红红的眼圈中，两人的眼泪就会滚落下来。他们看着对方红红的眼圈，情绪都被提到了嗓子眼。那么几秒钟，他们沉默地对望着。

刘传健并不细密的头发和这红红的眼圈让他显得不那么坚强和坚硬，更像一个身边的人。

林一丹看到刘传健的新闻后，第一想起的却是王闻飞。她想起了青春时期崇拜他的自己，刻意隐藏的思念驱使着她禁不住向他靠近。她联系上王闻飞，了解到了他孤身一人的近况，提着一只箱子便只身从滨城来到熊猫城。人生没有那么多时间等待和蹉跎了，意外从来都比计划先到。

王闻飞一进屋，房间里响起了掌声。我看到了王闻飞距我上次和他与他的朋友相见时的唯一差别是，他的脸上充满了迷人的笑容。林一丹跟在他身后，显得沉静。王闻飞笑着，她也露出笑容。林一丹穿了一袭白色丝质紧身长裙，外衣的设计与剪裁把她的身形衬托得风情而优雅。她笑起来很好看，嘴唇像樱桃一般红润。胳膊裸露着，脖子白净而挺拔。眼睛里闪着光，似乎有星星在其中游弋。她非常漂亮而惹人喜爱。

我迎着众人的目光看着他们。王闻飞向我走来："今天这个聚会，你是特别嘉宾。"林一丹看到我，我们默契地点头致意。

正当王闻飞逐一给我介绍房间里的众人时，李英杰进来了。除了年龄的味道满满当当地在身上登陆外，他的外形和过去变化不大。李英杰看到王闻飞和林一丹，他的眉角并不显眼地稍微提拉了一下后，再无任何明显变化。他的身边没有缺过女人，更了不起的是，他把对女人的研究和无情也同样用到他的职位升迁和变化中并大获成功，他已经是熊猫航空的最高管理者，从谈吐和着装中，再找不到那个羡慕拥有一颗糖的穷苦少年的痕迹。他在一张沙发椅上坐下，很自然地回答着旁人的寒暄。

我很好奇的是，这样一个人，对舞蹈的兴趣源于什么？我隐约记得，听谁提起李英杰在部队时偶然看到过一些芭蕾的画册和理论，看过一些电视上的演出后，就疯狂地喜欢上了这种舞蹈艺术，听人说他自己在无人的地方偷偷练过、跳过。

房间里愈发热闹起来，老首长接着也到了。老首长一进门，李英杰第一个站起来，毕恭毕敬地向老首长迎过来，握手，拥抱。李英杰的举动让在座的大部分人十分错愕。大家听到的传闻是他已经让老首长坐了很久冷板凳，被传出忘恩负义地蓄意切断老首长和熊猫航空的联系，并将他栽培的人悉数架空的说法。老首长的表现十分自然，无论此刻他心里是什么想法和感受，眼前这个人是他一手带起来的，表现出卓越的管理能力。经历过生死、战争和风浪的老首长心知肚明：权力象征着正确和正义；手握权力的人，便手握着正确和正义。这跟正确与正义是否实至名归没有关系，是两个层面的问题，就像现实和理想的差异。

下一波高潮是浓眉大眼的M城飞行员携夫人掀起的。芭蕾舞蹈老师的身型和气质吸引了众人的目光。大家在一张能坐下二十多人的大圆桌坐下来，我正对着小卓玛。她头顶的水晶小天鹅发箍吸引了我。我突发奇想，天鹅是否意味着芭蕾名剧《天鹅湖》？旁人也注意到了那个闪闪亮亮的发箍，倒是没人在意她走路的姿势和正常人的差异。小卓玛一点也不窘迫，她说那发箍是她的资助者早年间托住家太太送给她的，那是她最珍贵的礼物，她感怀于心。

没人再追问小卓玛的资助者是谁。但一联想到是她的资助者邀请她参加这个聚会的，我不禁扫视了一圈大圆桌的每一位，我找到了答案，那个资助人是李英杰。席间，小卓玛回忆起了住家的太太，一次劳累过度，加之非典时期身体受损，她住进医院再没有醒来。不可思议的是，她住家的太太正是给予总飞行师少年时朦胧爱情的霞姐。

宴会的氛围温馨感动，几度让人落泪。我却在想，林一丹似乎也发现了我找到的那个答案。这么说来，她对李英杰会不会有了更多认识和了解，抑或她从来都不了解他？不过，对她来说，此刻最重要的是，穿过李英杰的侧脸，她从王闻飞的眼睛里寻找到了爱情。

后记

翻开记忆，过往历历在目，我竟然莫名地热泪盈眶。

坐在咖啡馆，望着落地玻璃前流动的画面，我像在另外一个时空，全神贯注地看着一部影片——疫情第三年一个下班后的傍晚，人们在水泥框架丛林中步履匆匆，他们戴着口罩，提着手提包，神色或疲惫或淡漠。送外卖的小哥骑着电动车时不时从眼前闪过。商务车、出租车排着队从一线城市CBD的街区中通过。

这一切多么美好啊。有流动的生活多么美好!

当我坐在窗前目睹当下这个场景，再把记忆拉回写这本书的过往时光，让我静下心来梳理和回望过去。

萌发写这本书的意愿，确切时间是2018年的年中。

那是一个周末，我有幸参加云南乡村小学的一个帮扶活动。周六那个傍晚，晚霞印染着这个偏僻乡村的天空，空气通透，呼吸起来感觉十分清爽，负氧离子在周围冒着泡泡飘过（当然，这是一种感受）。最让人心情愉悦的是，那天跟一个很帅的当红新星以及他的经纪人，还有一些工作人员和朋友们在这片天空下散步，心旷神怡，喜不自禁，乐不思粤。

不免俗地，我拿出手机请朋友帮忙拍跟这位明星的合照。拍完照后，我看到了一条消息，一位朋友问我，是否知道川航刚刚发生的事情。

这条消息当空敲中了我的脑袋，我的好奇心瞬间被激发，加之此行任务已在散步前宣告圆满完成，于是我当即决定次日一早返粤，去见飞行圈子里被大家熟知的一位机长。

第二天凌晨5点，乡村的天空一片漆黑，颠簸的山路上，一辆车孤零零地从黑暗奔向光明，载着睡眼惺忪的我，独自赶往机场。

那时，《万科局中局》这本书刚刚上架。我带着这本书，怯怯地见到了机长和他的朋友们。

这次相见，我第一次如此近距离地见到了帅气高大的机长们——他们平时在驾驶舱，即使坐飞机，我们也很少看到他们。不过，我是在稍后，才更广泛地接触到《飞行团长》这本书中写到的机长、飞行员和他们的前辈们。

一个偶然的机会，我见到一位飞行圈子里的前辈。虽然他比我年长很多，但因为太帅气、高大和英武，初见他时，我不由得抬头多望了他一眼。

前辈的威望和骄傲弥漫在他徒子徒孙崇敬的目光中。接下来发生的事情，让我像走入一部电视剧，经历我所未经历也未见过的事情，即使不是像李安导演的《少年派的奇幻漂流》，也足以算得上一场奇幻旅程，我走入一部活生生的民航发展史。

令我永生难忘的是，在寒冷冬日周末下午的一个咖啡馆，我关掉手机，跟一位飞了一辈子的英雄机长聊天，临别时，情不自禁地拥抱了他一下，却不经意中看到他红润眼眶中打转的泪珠。他的背影在我的视线中渐行渐远，但他背影后那个时代的爱恨、忧愁、美好，以及无奈，无比生动地停留在我的记忆画卷里。

还有一个深夜，在服务员已经下班离开的大堂里，我坐在一张红色的沙发上，在昏暗的灯光下，我用一个下午和整晚的时间，翻阅了一位前辈的一生，他一辈子都在飞行念想中，在飞行事业中做到高位，又因世事难料离开飞行行业，在其他行业做成佼佼者，他的辈分比我的父辈还要高。他的一句话时不时在我耳畔回响："我们学飞时多小啊，才十五六岁啊。"

…………

该怎样在这"纸短情长"的后记中详述那些精彩世界呢？写不完，写不完。是的，写不完……

写这本书之前，我辗转到过几个城市，适逢《中国机长》电影的拍摄和制作阶段，听闻英雄机长刘传健要去北京参加央视春晚，不久后他出现在央视春晚特别环节《中国机长》中，之后还出现在央视《感动中国》栏目的颁奖典礼现场。

在一路“颠沛流离”的访谈和素材搜集中，我聆听了真正意义上由中国自己培养的几代飞行员的不少故事，他们的经历让我体会到了几代飞行员群体的生活、他们所经历的时代，以及命运的转折。

谢谢你们带领我打开更大的世界。

朱宝

2022年10月